雀蜂

貴志祐介

角川ホラー文庫
18211

1

真っ暗な野原を歩いている。

どこまでも、ひとりぼっちだった。

細々と延びる前途は、ぼんやりとした雪明りに浮かび上がっているだけである。

これまで辿《たど》ってきた曲がりくねった道程は、完全に闇の中に沈んでいた。

俺は、いったい、どこからやって来て、どこへ行くのだろうか。

耐えがたい寂寥《せきりよう》感とよるべなさが、胸を締めつける。

すると、ずっと前を歩いている人影が目に入った。

どこか見覚えのある姿だ。

自然と足を速めたものの、いっこうに距離は縮まらない。

おおい、と呼びかけたが、人影は振り返らなかった。聞こえないのだろうか、それとも、あえて無視しているのか。

そのとき、ようやく気がついた。あれは俺自身——俺の分身《ダブル》であるということに。

自らの分身《ダブル》を見た者は、遠からず死ぬ。魂を失った肉体は、生き続けることはできない。

一刻も早く追いついて、融合しなければ。さもないと、俺はただの影に変わってしまう。そして、後ろから追ってくる闇に呑《の》み込まれて、完全に消滅してしまうことだろう。

また、何者でもない、ゼロ以下の存在に戻ってしまうのだ。

背後から、群衆のざわめきが迫ってきた。

大勢が、叫び、唸《うな》り、俺を非難し、罵倒《ばとう》している。

逃げろ。逃げるんだ。

恐怖に駆られて走り出そうとしたが、足下の感触は新雪のようにふわふわと頼りなく、どんなに強く地面を蹴《け》っても、身体が浮き上がるばかりで前進しない。

後ろからは、暴徒の群が追ってくる。

いや、それはもはや、単なる暴徒ではない。不穏な唸り声が空気を満たし、甲冑《かっちゅう》と剣が触れ合う硬質の音が響く。彼らは一致団結して、殺戮《さつりく》への意思を漲《みなぎ》らせていた。

恐怖に足が竦《すく》んだ。

逃げなければ。どんなことをしても。

捕まったが最後、俺は滅多刺しにされて、命を奪われてしまう。

しかし、心のどこかでは、もはや逃げ切れないこともわかっていた。これ以上苦しみが続くより、早く終わりが来て欲しいという気持ちも湧き始めていた。

ああ、もう駄目だ……。

とうとう、追いつかれたことがわかった。背後から死神の腕が伸びてくる。

振り向いた瞬間、鋭い剣で喉元《のどもと》を貫かれた。

塩辛く熱い血潮が口の中に溢《あふ》れる。苦しい。呼吸ができない。

俺は、断末魔の中で、死んだように横たわっているもう一人の自分——分身《ダブル》の姿をかいま見た。

突然、ハロウィンの怪物のような顔が、目の前に現れた。

カボチャをくりぬいた、巨大なオレンジ色の頭部。吊《つ》り上がった大きな双眸《そうぼう》。眉間《みけん》には、呪術《じゅじゅつ》めいた逆さ三つ星の文様がある。

左右に顔を傾げながら、じっと俺の様子を観察しているようだ。

ふいに、怪物の顔は、視界からかき消えてしまった。

代わって、暗黒が、徐々に周りの世界を侵食していく。

もはや何者でもなくなった俺を、闇が、ゆっくりと呑み込もうとしていた。

びくりと身体が跳ね上がり、次いで、数メートルも落下したような感覚に見舞われる。

目醒《めざ》めた場所は、キングサイズのウォーターベッドの上だった。

素足に触れているのは、糊《のり》のきいたリネンのシーツだ。身体を起こすと、マットレスが水の揺れる感触を伝える。

俺は、白いバスローブを着たまま寝ていたことに気づいた。

右手をナイトテーブルの上に伸ばすと、指先が当たり、まだ中身の入っているワインのボトルを倒しそうになる。分厚く重いレンズが嵌《は》まった鉄縁眼鏡を探り当ててかけると、部屋の中を見回した。

遮光カーテンが引かれているらしく、部屋は薄暗かったが、部屋の奥——足下の方から一筋の曙光《しょこう》が射し込んできており、部屋の真ん中の部分をスポットライトのように照らしている。

ここは、いったいどこだ。しばらくの間、見当識を失っていた。いや、それどころか、自分が誰なのかさえ、ひどくあやふやだった。飲み過ぎのせいだろうか。アルコールは、脳細胞を溶かすと聞いたことがあるが。

双眼鏡のピントを合わせるときのように、ゆっくりと記憶が焦点を結んでいった。

……俺の名前は、安斎智哉《あんざいともや》だ。

……主にダークなミステリーやサスペンスを得意とする小説家で、ベストセラー作家とまではいかないが、オリジナルな作風が一部の読者に支持され、出版不況にもかかわらず、まずまずの売れ行きをキープしている。

……ここは、八ヶ岳南麓《やつがたけなんろく》にある山荘だ。バブルの時期に、物好きな金持ちが、わざわざ人里離れた場所に建てたログハウスである。広さや築年数、設備などの割には格安だったため、二年前に思い切って購入したのだが、周りが静かだと、思いのほか仕事が捗《はかど》るのがわかって、最近では、年の三分の一くらいはここで過ごしている。

……愛車のレンジローバーを駆ってやって来たのは、つい昨日のことだった。

夢子《ゆめこ》も一緒にいたはずだが。

隣には、夢子の姿はなかった。トイレに立ったのかもしれない。

光が射し込んでくる奥の窓の方へ目をやる。わずかに開いているカーテンの隙間から、外の景色が見えた。粉雪が激しく舞っている。いや、ほとんど吹雪に近かった。

標高が千メートルを超えるとはいえ、例年なら十一月の下旬に積雪があるのは稀《まれ》だが、ここへ来るとき、すでにかなり積もっているのを目にしていた。あいかわらずメディアは、地球の温暖化についてかまびすしいが、今年の異常な冷え込みは、まるで新たな氷河期が始まろうとしているかのようだった。

一度思考に没頭し始めると、周囲の状況を忘れて沈潜してしまうのが、俺の悪癖である。はっと我に返ったのは、かすかな音が聴覚を刺激したからだった。

何だろうと、俺は顔を上げた。妙に神経に障る音だった。

ベッドから脚を下ろしたとき、視線が下を向いた。バスローブの胸にワインをこぼしたような大きな染みがあることに気がつく。

寄せ木細工の床の上には、大ぶりのワイングラスが倒れており、深紅色の液体の染みができている。その横には、空になったワインのボトルも転がっていた。ナイトテーブルの上には、もう一本、少し中身が残っているボトルと、T字形のスクリュー式オープナーもあった。

俺一人で、こんなに飲んだのだろうか。

……夢子は、アルコールに弱い体質で、ふだんは味見する程度しか飲まない。

そうだ。眠りにつく前に、二人で乾杯したことを覚えている。

いったい何に乾杯したんだったっけ。

いや、もちろん、新作、『**暗闇の女**』の成功を祝ったんだった。ついでに、絵本作家である夢子の『**こころは青空に向かって**』という作品にも乾杯したはずだが、こっちの方は、まあ付け足しのようなものだった。

角川書店から文庫書き下ろしで上梓《じょうし》した『**暗闇の女**』は、ウイリアム・アイリッシュを思わせるような濃密な叙情表現をちりばめたサスペンス小説だった。これまでのドライな（というより、冷酷すぎる？）作風から大胆に転換を図った野心作であり、読者の反応が心配だったが、書店の平台に積まれた文庫本は見るたびに確実に減っており、売れ行きはしごく好調なようだった。この調子なら、ブロックバスターとはいかずとも、久しぶりのスマッシュヒットを記録するかもしれない。

鈍い頭痛を感じて、顔をしかめる。生まれつき、アルコールには強いたちだったので、二日酔いの経験は、ほとんどなかったのだが。

二人で乾杯しようかと言ったときは、どちらかといえば、夢子の方が乗り気になった。自分から、地下室のワインセラーに行って、銘柄を選ぼうとしたくらいだから。

そのときの彼女の顔が、脳裏に浮かんだ。

「わたし、取ってくる」

夢子は、ベッドから滑り出て、壁に掛かっていたバスローブを羽織った。

「どこへ行くんだ？」

「地下室……ワインセラーに」

夢子は、上目遣いに俺を見た。ガラス細工のような繊細さと脆《もろ》さが同居する色白の小顔。大きな目をいっぱいに見開き、口元には笑みが浮かんでいる。

あのとき、彼女の表情にかすかな緊張を感じ取ったように思ったが、気のせいだったのだろうか。

一本目に開けたワインは、数日前に解禁されたばかりのボジョレー・ヌーボーだった。苦みや渋みがなくて飲みやすいため、夢子も一口だけ飲んだはずだ。

二本目は、シャトー・ラトゥール1969年だった。俺が生まれた年のワインであり、重厚なタンニンの力強さには、さすがと満足したものだ。

しかし、今思えば、少し変な味もしたような気がする。ほんのかすかにだが、舌を刺すような苦みが感じられたのだ。

俺は、バスローブの胸を見下ろす。ワインをこぼした記憶すらなかった。かなり酔っていたのだろう。だとしたら、これは二本目のシャトー・ラトゥールだ。思わず舌打ちする。高価なワインをこぼすようなヘマは、これまで一度もしたことがなかったのに。

ヘッドボードの棚からタバコ――トレジャラー・ブラックの箱と、デュポンのライターを取った。黒い紙巻きタバコを一本くわえてから、もう一度、十二畳ほどある寝室の中を見渡す。

すると、床の上に、もう一着のバスローブ――夢子のものだ――が落ちているのが目に飛び込んできた。

夢子には、繊細を通り越して強迫神経症に近いところがある。タオル掛けのタオルが、ほんのわずかに傾いていただけでも、直さずにはいられないほどだった。そんな彼女が、自分のガウンをこんなふうに床に放り出しておくことは、まず考えられない。

「夢子？」

俺は、黒いタバコを口から取って、大声で呼んでみた。トイレにいるのなら、聞こえるはずである。

「夢子？　いないのか？」

すると、まるでその声に応《こた》えるかのように、さっきの音が聞こえた。

虫の羽音だ。まさかと思ったが、まちがいない。この時期、こんな山の上に、いったいどんな虫がいるというのだろう。もしかしたら、眠っている間にも、この音を耳にしたのかもしれないと気がついた。それが引き金になって、目覚める前のほんの一瞬に、あんな悪夢を見たんじゃないだろうか。

ベッドから一番遠くの窓から聞こえてくるようだ。まだ生き残っていたハエかアブが、寒さを避けようとして暖かい室内に迷い込んだのだろう。中が暗かったので、今度は光に惹《ひ》かれて窓とカーテンの隙間に入り込んだのかもしれない。叩《たた》き潰《つぶ》してやろうと思って、新聞紙のようなものはないかと周りを見回したが、あいにく適当なものは何一つ見当たらなかった。

とりあえず、タバコをもう一度くわえ直すと、ライターで火をつけた。夢子はタバコの臭いを毛嫌いしており、彼女が同じ部屋にいる間は喫煙させてもらえない。戻ってきたら嫌みを言われるだろうが、せいぜい、いないうちに一服しておこう。

うまい。煙を吸い込んで、感嘆の溜《た》め息が出た。喫煙自体が久しぶりだったせいもあるが、このタバコは、頭がくらくらするくらい美味だった。俺は、ようやくベッドから下りると、長々と紫煙を吐き出した。どこにもスリッパが見当たらなかったので、素足のままで音が聞こえてきた窓に歩み寄り、無造作にドレープカーテンを引き開ける。

その瞬間、身体が硬直した。

馬鹿な。ありえない。なぜ、ここに。しかも、この季節にこんな……。

レースのカーテンと窓ガラスの間に入り込んで、不機嫌な羽音を立てている虫がいた。体長は二、三センチくらいか。黄色と黒の警戒色は、まぎれもないスズメバチだ。

「二度と刺されないように、くれぐれも注意してください。……手当てが遅れたら、最悪、命にかかわる結果もありえますよ」

警告を思い出して、ぎょっとした。思わず逃げ腰になったが、何とか踏み止《とど》まる。ここで目を離して、どこへ行ったかわからなくなってしまったら、それこそ始末に困る状況に陥る。何としても、この場で処分しておかなければならない。

それに、冷静に見ると、これは千載一遇の好機かもしれない。ハチがここにいる間なら、レースのカーテンで押さえれば、いとも簡単に仕留められるだろう。

いや、ちょっと待て。だとしても、素手では殺せない。絶対に刺されてはならないのだ。何か道具がなくては。スリッパは、どこへ行ったんだろう。寝る前は、まちがいなく履いていたはずだが。

それから、俺は、ある重要な事実に思い当たった。

何だ、そんなに心配することはなかった。緊張が解けて、思わず頬が緩む。

都会は、温暖化が進みゴミなどの餌も豊富なため、十一月になっても、まだスズメバチの活動は続いているらしい。とはいえ、この季節の、しかもこれほど冷え込んだ山の上に、活動中の巣があるはずがない。

結論。ゆえに、こいつは働きバチではありえない。

このハチは、越冬しようとして軒下から暖かい屋内に迷い込んだ、女王バチに違いない。だったら、たいした危険はないだろう。女王バチは、よほどのことがないと人を刺さないはずだ。しかし、働きバチは、いわば消耗品にすぎず、巣を守るためになら死ぬことも厭《いと》わない。女王バチは次代に遺伝子を伝えることのできる唯一無二の存在である。不用意に戦いになって、自分が死んでしまっては、元も子もないのだ。

待てよ。もしかしたら、女王バチには毒針自体がないのかもしれない。

たしか、ハチの毒針は、産卵管が変化したものじゃなかったか。どこかで読んだ知識が頭をかすめた。働きバチは、卵を産む必要がなくなったために、産卵管が毒針に変化したというのである。だったら、産卵管を使っている女王には、毒針はないということにならないだろうか。

……いや、そうとも言い切れない。

何か別の本には「女王バチは、捕まえていじめたりしない限り人を刺すことはない」と書かれていた。ということは、裏を返せば、捕まえていじめたりしたときには刺す能力はあるということになる。やはり、最低限の注意は払わなくてはならない。

いずれにしても、専守防衛、金持ち喧嘩《けんか》せずを実践する女王バチなら、まず向こうから襲ってくる気づかいはないが、放置して山荘の中に巣を作られでもしたら一大事である。やはり、ここで確実に殺しておかなくてはならない。

俺は、落ち着いた足取りでスズメバチに近づくと、レースのカーテンの上からタバコの煙を吹きかけた。動かなくなればレースのカーテンでトラップし、デュポンのライターの側面で押し潰すつもりだった。煙を嫌がって横手に逃げるようだったら、厚手のドレープカーテンで捕まえればいいだろう。

ところが、スズメバチは、予想だにしていなかった激烈な反応を見せた。すばやく翅《はね》を震わせて飛び立つと、まっしぐらに俺の顔めがけて突っ込んできたのだ。

瞬間、肝を冷やしたが、スズメバチは、レースのカーテンにぶつかると、それ以上前進できなくなった。

今だ。とっさに両手でカーテンの端をつかんで、窓へと押し戻す。

レースのカーテンを左右にぴんと張り、ハチを窓ガラスに押しつけた。ハチはしきりにじたばたしているが、もちろん逃げることなどできない。

思わぬ逆襲に遭ったことで、心臓の鼓動が跳ね上がっていた。深呼吸して落ち着こうと努める。だいじょうぶだ。もう、心配ない。捕まえた。こいつは、動けない。この後は、とどめを刺すだけだ。

しかし、そこで、はたと考え込んでしまう。両手を使ってレースのカーテンを押さえている状態では、叩き潰すこともできないではないか。

やむをえない。ここは非常手段だ。俺は、スズメバチに向かって顔を近づけた。

視界に、怒りの形相でもがいているハチがアップになった。身の毛がよだつような気分だった。

全体に黄色味がかっており、黒い縞《しま》は薄い。大顎《あご》でカーテンを咬《か》み切ろうとしながら、尻《しり》から毒針を出し入れしている。薄い布地越しに突き出される毒針の先端からは、透明な毒液が滴っていた。

たぶん、こいつはキイロスズメバチだろう。スズメバチの仲間では一番小さいものの、攻撃性は最も強く、人間の刺傷事故も一番多い種類だ。

毒針の正面には顔を置きたくなかったので、顔をガラス窓に寄せ、横合いからタバコの先端で狙いをつけた。このカーテンはフィスバだ。相当な値段がする代物だが、この際、そんなことにかまっていられない。穴が開くのもかまわずに火口を押しつけた。

キイロスズメバチは、数秒間身体を震わせてから絶命する。レースのカーテンを押さえていた両手を緩めると、ぽとりと落下した。

俺は、顔をしかめて死骸《しがい》を見下ろした。身体を丸めたハチの死骸は、ひどくちっぽけに映った。

しかし、この場合、むしろ小さすぎることが問題かもしれない。

こいつは、もしかしたら、女王バチではなく、働きバチではないのか。

この個体は、体長が二センチ半ほどしかない。女王にしては小さすぎると思っていた。キイロスズメバチでも、女王バチなら、もう少し大きい——たぶん、三センチ以上はあるはずである。

それに、さっき見せた激しい攻撃性は、とても温和な女王バチのものとは思えなかった。

だが、そんなことがありうるだろうか。市街地ならともかく、すでに雪が積もっている山の上で、まだ活動中の巣が存在するというのか。いや、そもそもキイロスズメバチが、こんなに標高の高い場所にいること自体、変じゃないか。

そのとき、俺の鋭敏な聴覚は、またもやあの音を聞きつけた。

昆虫の翅が振動する音。

ぞっとして振り返ると、二匹のキイロスズメバチの姿が目に飛び込んできた。一匹は、ナイトテーブルの上にあるワインのボトルに止まっている。もう一匹は、そのすぐそばをゆっくりと飛び回っていた。

やっぱり、働きバチだったんだ。顔から血の気が引く思いだった。こいつらがどこから来たのかは見当もつかないが、この様子では、さらに新手がやって来るかもしれない。

不覚にも膝《ひざ》が震えた。ここにとどまっているのは自殺行為である。今すぐに、どこかに逃げなければ。

俺は、足音を忍ばせて部屋を横切り、そっとドアを開けた。

2

その刹那《せつな》、俺は固く目を閉じていた。B級パニック映画のように、廊下を埋め尽くしたスズメバチの大群を予感したからだった。

だが、それは恐怖がもたらす幻影にすぎなかったようだ。廊下は深閑と静まりかえっており、ハエ一匹いない。セントラルヒーティングで山荘全体が暖房されているはずだが、皮膚がちりちりするような不安と緊張のせいか、奇妙なくらい肌寒く感じる。

背後から、羽音が聞こえた。振り返ると、さっき見た二匹のうちの一匹が、まっすぐにこちらに向かって飛んでくるところだった。あわてて廊下に出ると、ぎりぎりのところで、バタンとドアを閉めた。

心臓が、激しくギャロップしている。

あきらかに、俺を目標にして飛んできたとしか思えなかった。

いったい、なぜだ。いくらキイロスズメバチの攻撃性が強くても、巣のそばでなければ、むやみやたらと人間に襲いかかることはないはずなのに。

俺は、はっとしてバスローブを見下ろした。ひょっとすると、このせいかもしれない。ワインの匂いが、ハチを呼び寄せているのかも。

そのとき、別の羽音が聞こえた。ちくしょう。まだいたのか。

今度は真正面だった。廊下の向こうから、一匹のスズメバチが、精密誘導爆弾のように一直線に飛んで来るのだ。

あわてて走り出そうとしたが、とっさに、逃げ切れないと判断する。くるりと向き直り、バスローブを脱いだ。

スズメバチは、ほとんど目前まで迫っていた。

バスローブを、投網《とあみ》のように広げて投げた。タオル地の布がふわりと広がり、突っ込んできたキイロスズメバチの上にかぶさって、床に落ちる。

俺は、跪《ひざまず》くと、床に広がったバスローブを血眼になって見回した。どこだ。どこにいる。動く膨らみを見つけたら、その上にバスローブを重ねて押し潰《つぶ》してやるつもりだった。

そのとき、バスローブの端に、ちらりと黄色いものが見えた。

スズメバチは今にも這《は》い出そうとしている。バスローブで手を保護している暇はない。ためらってたら命取りになるぞ。やれ！

俺は、歯を食いしばると、握りしめた右手の鉄槌《てっつい》で、スズメバチを叩《たた》き潰した。半ば、ハチの針が手に突き刺さる痛みを覚悟しながら。

さいわいにして、それは杞憂《きゆう》に終わった。小さな虫の薄い外骨格は、俺の握り拳《こぶし》の下で、ぐしゃりと潰れる。

俺は、長袖《ながそで》のシャツにトランクスという姿のまま座り込み、しばらく茫然《ぼうぜん》としていたが、はっと我に返って立ち上がった。周囲には、今のところ別のハチの姿は見当たらない。

目覚めてから、矢継ぎ早に信じられない事態ばかりが襲来したため、頭が混乱している。しかし、とりあえず今は、現実に意識を集中しよう。何としても生き残ることだけを考えるんだ。

床に手を突いて、そっと立ち上がった。スズメバチは、騒音に強く反応する。なるべく大きな音を立てないよう、気をつけなければ。

やるべきことに、優先順位を付ける。何よりもまず、避難場所を探すのが先決だった。安全なシェルターを確保し、それから外部に助けを求めるべきだろう。

俺は、静かに廊下を進むと、書斎の前に立った。ドアは閉まったままだから、まさか、この中にはハチは侵入していないはずだが。

それでも、慎重にゆっくりとドアを開け、照明のスイッチを入れた。

だいじょうぶだ。どこからも、ハチの羽音らしきものは聞こえない。俺は、ほっとして書斎に入ると、すばやくドアを閉めた。

よし、ここなら安全だろう。次は、携帯電話だ。こんなに人里離れた場所でも、一応は圏内だから、助けを呼ぶことができる。ところが、机の上に充電用のケーブルはあるのに、肝心の本体は、いくら探しても見当たらなかった。

俺は、ゆっくりと部屋の中を見回した。どうも、嫌な予感がする。

窓際のテーブルの上にあるデスクトップPCが目に入った。一見したところでは、何の異状もない。よし。これで外部に連絡できる。

ところが、パソコンの電源ボタンを押しても、何の変化も起こらなかった。そもそも、ファンが動く音がしない。

よく見ると、パソコンの電源ランプも点灯していなかった。

どうしたのだろう。部屋の照明はついているから、停電ではないし、ブレーカーが落ちているわけでもないはず……。

机の下を覗《のぞ》き込んで、ようやく原因がわかった。パソコンの電源ケーブルがなくなっているのだ。

俺は、愕然《がくぜん》としていた。時ならぬキイロスズメバチの出現だけでも異常事態だったが、パソコンの電源ケーブルが消失しているというのは、もはや、偶然や自然現象では説明がつかない。

誰かが、俺を罠《わな》に嵌《は》めたのだ。

いや、自分をごまかすのはよそう。夢子だ。そうとしか考えられないではないか。

俺は、溜《た》め息をつき、唇を噛《か》んだ。

しかし、今は、悠長に犯人探しをしている場合ではない。とにかく、まずは身の安全を確保しなければならない。パソコンは使えない。だったら、どうすればいいのか。

もし、回線そのものが無事だったら、電話はかけられるかもしれない。

書斎には固定電話はなかった。執筆中には、電話の音に煩わされたくないからである。しかし、一階の広間に、年代物の留守番電話付きファックスが置いてあったのを思い出す。近年、作家業もデジタル化が進んだが、今でもゲラの送受信にはファックスを使うことが多いのだ。

やむをえない。ここは、スズメバチと鉢合わせする危険を冒しても、一階に下りてみるしかないだろう。腹を決めて部屋から出かけたが、そのとき、壁一面に設《しつら》えられた書棚が目に入った。

今、最も必要なのは、正確な情報ではないのか。

俺の小説では、しばしば、情報こそが最も大切だと説いている。荒野でのサバイバルを描いた『ヴァーミリオンの迷図』でも、最終的に生死を分けたのは、武器や食糧などではなく、情報だったではないか。

スズメバチについては、一通りの知識は持っているつもりだが、いくら何でも、こんな事態を想定していたわけではない。今一度、やつらの習性と弱点について復習しておいた方がいいかもしれない。

書棚に並んでいる本の背表紙を目で追うと、『スズメバチ・ハンドブック』という本が目にとまる。すぐに抜き出して、ぱらぱらとめくってみる。林業など野外活動に従事する人たちが、スズメバチの被害に遭わないようにするための本だった。

活字を追いながら、脳裏には別の文章がよみがえっていた。『小説家は二度死ぬ』……。週刊誌に載ったエッセイだった。三年前のことだが、ひょんなことでスズメバチに刺され、九死に一生を得た顛末《てんまつ》と、退院するときの話を書いたものだ。

「二度と刺されないように、くれぐれも注意してください。ハチは、最初に刺されたときより、二度目に刺されたときの方がずっと危ないんです」

担当の女医は、若さに似合わないアンニュイな声で言う。

「どうして、二度目の方が危ないんですか？」

私には、納得できなかった。耐性ができて、症状が軽くなるというのならわかるのだが。

「ハチ毒の怖さはですねー、毒の作用そのものより、それにより引き起こされるアレルギー反応にあるんですよ」

女医は、まるでこちらの反応を楽しんでいるかのようだった。

俺は、『スズメバチ・ハンドブック』をめくり、役に立ちそうな箇所を貪《むさぼ》り読んでいた。ハチの毒について詳しく解説しているページには、成分表が載っている。激しい痛みを引き起こすのは、ヒスタミンやカテコールアミン、アセチルコリンなどの活性アミンだが、特にセロトニンは、発痛性アミンの中でも最痛と言われているらしい。また、ハチ毒キニンと総称される発痛ペプチドには、痛みを増強し、血圧を下げる作用もあり、さらに、組織を破壊する数種類の酵素や神経毒まで配合されているらしいのだが、本当に恐ろしいのは、その先である。エッセイにも、こう書いていた。

「最初にハチに刺されたとき、体内で抗ハチ毒抗体が作られます。二度目に刺されると、ハチ毒と抗ハチ毒抗体が、一度目より強い抗原抗体反応、つまりアレルギー反応を引き起こすんですよ。メカニズムは花粉症と同じですが、ハチ毒の場合、なぜか、きわめて重篤化することがあり、ときに死に至ります。これが、いわゆるアナフィラキシー・ショックですね」

女医は、世間話をしているような気楽な口調だった。

「じゃあ、私も、もう一度刺されたら、その、アナフィラキシー・ショックが起きるんですか?」

「どの程度の反応になるかは予測できませんが、安斎さんの場合には、かなり高い確率で、重度のアナフィラキシー・ショックが起きると思われます。もともと、花粉症や喘息《ぜんそく》などの持病があって、アレルギーを起こしやすい体質のようですし、初回にこれほど激しい反応があったわけですから、次はもっと危険だと思います。手当てが遅れたら、最悪、命にかかわる結果もありえますよ」

まるで、末期ガンの宣告を受けたような気分になった。

「とにかく、絶対にスズメバチに近づかないでください。スズメバチ以外の種類のハチも、危険です。ムカデなんかも毒の成分はかなり共通してますから、咬《か》まれないよう気をつけてくださいね」

「……でも、どんなに気をつけていても、絶対というのは無理でしょう？」

私としては、精一杯の抗議である。

「刺されてしまった場合の薬は、何かないんですか？」

女医は、黙ってパソコンの画面に向かうと、カタカタと薬品名を入力した。

「では、エピペンを出しておきましょう。万が一ハチに刺されたときに、自分で注射できる器具です。ですけど、これはあくまでも、急場しのぎというか、最後の手段ですからね。くどいようですけど、とにかく刺されないように気をつけてくださいね。お大事にー」


『スズメバチ・ハンドブック』には、エピペンについての説明もあった。エピネフリン、つまりアドレナリンがセットされている簡易型の注射器で、血圧を上昇させることにより、アナフィラキシー・ショックで血圧が急に低下して死に至るのを食い止める作用がある。

外観は、長さ十五センチくらいのプラスチックの筒にすぎないが、いざというときには、青色の安全キャップを外し、オレンジ色の先端を太腿《ふともも》に強く押し当てればいい。

それだけで、針が飛び出してエピネフリンが注射される仕組みだった。

そうだ、エピペンだ。ハチに刺されてしまった場合を考えると、今すぐに、エピペンを見つけなければならない。

退院以来、肌身離さず持ち歩いていたはずだ。今は、どこにあるのだろうか。まさか、こんな時期に、雪が降っている山の上で必要になるとは、思ってもみなかった。

懸命に記憶を辿《たど》ってみたものの、エピペンのありかは杳《よう》として思い出せなかった。しかたがない。とりあえずエピペンのことは保留にしておき、一階に下りる以外に手はなさそうだった。

俺は、廊下の音に耳を澄まし、そっと書斎のドアを開ける。

見慣れているはずの山荘の廊下が、まるで、今初めて見る場所のようによそよそしく、エイリアンの巣くう宇宙船のように不気味に感じられた。

3

五感を研ぎ澄まし、四方八方に注意を配りながら、一歩を踏み出す。板張りの廊下が、素足に冷たかった。ハチの立てるどんなかすかな羽音も、聴き取らなければ命取りになる。武器はといえば、丸めて握りしめた『スズメバチ・ハンドブック』しかない。

しまった。もう少しハチを叩《たた》きやすいものを持ってくればよかった。

少しだけ後悔したが、今さら、そのためだけに引き返す気にはなれなかった。

摺《す》り足で廊下を過ぎると、静かに階段を下りる。


だいじょうぶだ。今のところ、スズメバチの姿はない。

あとは、電話が使えるかどうかだった。

古い留守番電話付きのファックスが置いてあるのは、広間の反対側の、アンティークなコンソール・チェストの上だったはずだ。

よし。ファックスはある。これで電話線がなくなっていなければ、すぐに助けを呼べる。小走りに近づいて、俺は唖然《あぜん》とした。

ランプが点灯しているから、電源は入っているらしいが、ジャック式の受話器と本体をつなぐコードがなくなっているのだ。これでは、相手と話すことができない。

いや、落ち着け。たしか、本体のスピーカーで通話できるはずだ。

俺は、受話器を取りのけると、110番通報しようとして、①のボタンを押した。

だめだ。まったく反応しない。スピーカーなどそれ以外のボタンも、すべて死んでいる。これでは、こちらからどこかにかけることも、かかってきた電話を取ることもできない。

それは、パソコンの電源ケーブルが消えていたこと以上に、生々しい悪意の証左だった。犯人は、わざわざファックス内部の配線に手を加えたとしか思えないからだ。

しかし、と思う。

通話させたくないだけなら、ファックスを持ち去ってしまえばいい。どうして、こんな手の込んだことをしなければならなかったのだろう。

とりあえず、思いつく理由は、一つしかなかった。電話機を外した状態にしておくと、誰かが電話をかけてきたとき、「お客様のおかけになった電話は、機器が接続されていないか使用可能な状態でないため、かかりません」というメッセージが流れ、不審に思われるからではないか。

ちくしょう。ふざけやがって。思わずかっとなって、ファックスを叩き壊したい衝動に駆られたが、危ういところで自制する。

怒りにまかせた行動では、状況は好転しないだろう。「使用可能な状態でない」というメッセージを流せれば、この罠《わな》を仕組んだ犯人の意図には逆らえるかもしれないが、誰も電話してこなかったら、まったく無意味である。それより、回線自体は生きているようだから、何とかして、この機械を利用する方法を考えるべきだろう。

そう思ってファックスを調べてみると、回線の差し込み口の横にスライド式の切り替えスイッチがあるのが目に入った。PB、10、20という三つの刻みのうち、20に合せてある。まさか、これまで偽装というわけじゃないだろう。

……だとすると、電話がかけられるかも。

胸の中でかすかな興奮が湧き起こる。**『十一月の弔鐘』**という作品の中で使った裏技を思い出したのだ。夢子には、まず思いつかなかっただろう方法が。

このファックスをつないでいるのは、昔ながらのパルス回線である。黒電話の時代から変わらないシステムであり、ダイヤルを回すと、数字と同じ回数だけ電流が切断される。たとえば③をダイヤルすると、10パルス方式なら一秒間に三回、20パルス方式なら一秒間に六回電流が切れ、交換機は、その回数を数字として認識するのだ。

つまり、ダイヤルを使わなくても、受話器をかけるフックボタンを叩くことで、電流を寸断してやれば、数字を送れるということになる。

そうだ、思い出した。『**十一月の弔鐘**』では、縛られて、廃ビルの中に閉じ込められた私立探偵が、足を使って壊れた電話機で電話をかけるのだ。あのときの設定と同じことをやればいい。

110番にかけるためには、どうすればいいのか。切り替えスイッチが20になっているから、このファックスは、20パルスの回線につながっている。つまり、①をダイヤルするには、一秒間に二回、フックボタンを押せばいい。では、⓪の場合は？

……一秒間に二十回押さなくてはならない。

できるわけがないだろう。俺は唸《うな》った。

だいたい、どうして警察は111番じゃないんだ。ダイヤルを回すときに、最後の⓪で心を落ち着けるためだとか聞いたことはあったが、役人の馬鹿げた浅知恵には、今さらながら怒りを禁じ得ない。緊急時には、誰がどう考えても、少しでも早くかけられた方がいいに決まってるではないか。

くそ！　『**十一月の弔鐘**』の主人公は、いったいどこへかけたんだ？

……たしか、東北から上京した天涯孤独のホステスのアパートにある固定電話だった。小説には、もちろん具体的な番号までは書かれていなかった。たまたま小さな数字ばかりだったのだろうか。

それでも、どこかに通じることを期待して、しばらくは忙しくフックボタンを叩き続けてみたが、無駄な努力であることに気づいて、気力が萎《な》えた。かりに相手が出たとしても、こちらの声は向こうには聞こえないから、いたずら電話だと思われるのが関の山だろう。

何とかして110番にかけられたなら、何かあるかもしれないと考えて、逆探知してくれる可能性はあるが。

そのとき、俺の耳は、またもや、あの特徴的な羽音を捉《とら》えた。

ぎょっとして振り返ると、一匹のスズメバチが広間に入ってきたところだった。

俺は、そっと受話器をかけると、静かに後ずさった。

スズメバチは騒音に敏感である。さっきから、フックボタンをガチャガチャやっていたために、注意を引きつけてしまったらしい。

さいわい、ハチは一直線に近づいては来なかった。ゆっくり円を描きながら飛び回っている。二階で襲われたときのように、バスローブに付いたワインの臭いを嗅《か》ぎつけたわけではなさそうだ。

よし。今だったら、まだ逃げられる。

このまま広間を突っ切って、いったん玄関から外へ避難しようと思った。この寒さなら、スズメバチも外までは追ってこられないはずだ。とはいえ、俺自身も長く外に留《とど》まるのは無理だろうが。

玄関脇の壁にある、キーボックスが頭に浮かぶ。

もし、あの中に、車の鍵《かぎ》さえ残されていれば。

俺を罠にかけた犯人の周到さを考えれば、万に一つも、そんな都合のいい展開はありそうにない。しかし、ダメ元で確認してみる必要はあるだろう。

俺は、ハチの注意が逸《そ》れたタイミングを見計らい、身を低くして四つん這《ば》いになった。ついさっき『スズメバチ・ハンドブック』で拾い読みした知識が、さっそく役に立った。スズメバチは、目の付き方のせいで、上の方はよく見えるが、下方には比較的注意が向かないのだという。だったら、音さえ立てなければ、気づかれずにすむはずだ。

匍匐《ほふく》前進のようにカーペットの上をそろそろと移動し始めたとき、突然、ファックスが呼び出し音を鳴らした。

ぎょっとして飛び上がりそうになったが、スズメバチも同じだったようだ。たちまち、こっちへ向かって飛んできた。さらに、どこからかもう一匹が合流し、ファックスの上を飛び回り始める。

呼び出し音が七回鳴ると、ファックスは留守電に切り替わった。スピーカーそのものは生きており、男の声が聞こえてきた。

「もしもし。安斎先生、武松《たけまつ》です。実は今ですね、たまたま長野で別件の取材中だったんですけど、予定が一つ取りやめになっちゃったんです。それで、突然ですけど、これから山荘にお邪魔してもいいですか？　そうですね、あと二時間くらいで行けると思います。雪が降ってるんで、林道の状態によりますけどね。通行できないようだったら、後でもう一度お電話します」

何という間の悪いやつなんだ。俺は腹を立てた。狙いすましたように、今この瞬間に、電話をかけてくることはないだろう。

しかし、呪詛《じゅそ》の言葉は途中で呑《の》み込んでしまう。これは、またとない朗報ではないか。武松が来てくれさえすれば、助かるのだ。それまで、何とかして持ちこたえればいい。

俺は、静かに這って、その場から遠ざかろうとしたが、ファックスから音が聞こえなくなると、ハチが注意を向ける範囲が広がった。再び大きな輪を描きながら、広間の上空を飛び回り始める。

羽音が近づいてきたので、目を上げる。一匹のハチが、三メートルくらい離れた場所でホバリングしていた。まずい。今度こそ、本当に見つかってしまったようだ。

『スズメバチ・ハンドブック』を、ぎゅっと握りしめる。くそ。いくら何でも、もっとましな武器はないのか。ローテーブルの上を探った指に、何か軽くて硬いものが触れた。テレビのリモコンだ。

とっさに電源ボタンを押すと、広間の反対側の壁に掛かった大画面テレビが点《つ》いた音がした。よし、これで、ハチの注意をそらすことができる。

と思ったのに、どうしたことか、いっこうに音声が聞こえてこない。

首を伸ばしてちらりと見ると、画面いっぱいに将棋盤が映っていた。

CSの囲碁将棋チャンネルだ。映像が切り替わり、扇子で顔をあおいでいる毒島《ぶすじま》竜王の無表情なアップになったが、依然として無音に近い。

なぜ、よりによって、こんな究極に静かな番組なんだ。俺は、パニックに駆られながら選局ボタンを押し続けたが、角度が悪いせいか、今度はなかなか赤外線が届かない。

ハチは、不気味な羽音を立てながら、ゆっくりと近づいてくる。まずい。

やみくもにボタンを押していると、だしぬけに映像が変わった。今度は、地上波の朝のワイドショーのようだ。

「そんなあ！　ありえないっしょ！　ありえないってー！　あーもう！　そりゃないっすよー！」

野放図な大声が響き渡る。ハチは、たちまち方向転換して、テレビの方に向かった。登場したのは、やたらにやかましいだけで、これまで一度も面白いと思ったことのないタレントだったが、このときばかりは救世主のように光り輝いて見えた。すばらしいぞ。君には、やっぱり見所がある。明るくて声が大きいのは、いいことだ。これからは、せいぜい応援してやるからな。

心の中で、そうつぶやいて、広間から玄関の方に逃げだそうとしたら、真正面から別のハチが何匹も押し寄せて来るのに気がついた。

ちくしょう。やっぱり使えないやつだ。俺は、内心で毒づいた。あの馬鹿なタレントが、引き際というものを心得ずに、いつまでも馬鹿騒ぎを続けているせいで、新手のハチまで呼び寄せてしまったのだ。おまえなんか、さっさと消えてしまえ。

ハチのいない方向といえば、さっき下りてきた階段だけだ。俺は、四つん這いで広間を抜けると、そのまま身を低くして階段を駆け上がった。

自分の胸元から漂ってきた臭いに、はっとする。ワインの染みは、脱ぎ捨てたバスローブだけでなくシャツにまで浸透しているらしい。それが体温によって気化しているのだ。よく嗅ぐと、揮発性の溶剤のような異臭が混じっているような気がする。ひょっとすると、この染みはワインだけじゃないのかもしれない。

いずれにせよ、この液体は、たぶん皮膚にも付着しているだろう。これがスズメバチを呼び寄せている元凶ならば、一刻も早く洗い流さなければならない。

それに、少し前から、右手の小指の外側がむず痒《がゆ》くなっていた。二階でバスローブから這い出そうとしていたハチを叩《たた》き潰《つぶ》したとき、微量の体液が付いたのかもしれない。

二階の廊下を忍び足で歩き、洗面所兼脱衣室にたどり着いた。

そのとき、背後から、またもや、あの忌まわしい羽音が聞こえた。今度は、数匹はいる。

すばやくドアを開けて中に飛び込み、間一髪でドアを閉めた。

……と思ったが、一匹がすり抜けて入ってきてしまった。

ハチは、ちっぽけな体軀《たいく》に似合わぬ居丈高な態度で、洗面所の中を飛び回っている。

俺は、床に腰を下ろして、ハチに目を凝らしていた。襲ってくるようなら、一か八か、『スズメバチ・ハンドブック』で叩き潰すよりない。

閉じ込められて出口を失ったハチは、明らかに苛立《いらだ》っているようだ。冷や汗が流れる。このままだと、遅かれ早かれ、全面対決を余儀なくされるに違いない。だからといって、逃がすためにドアを開けてやることもできない。逆に、廊下に溜《た》まっているハチどもを、招き入れてしまう可能性の方が高いからだ。

何でもいい、何か武器になるものはないのか。

洗面所には、殺虫剤の類《たぐい》は見当たらなかった。あるのは、せいぜい石鹸《せっけん》やシャンプー、中性洗剤くらいである。翅《はね》に洗剤をかけたら飛べなくなるだろうが、ゴキブリだったらともかく、飛んでいるハチに命中させるのは至難の業だ。せめてスプレーのようなものがあったらいいのだが。

そのとき、おあつらえ向きのアイテムが目に飛び込んでくる。

スプレーだ！　願ったり叶《かな》ったりではないか。しかも、殺虫成分こそ含んでいないが、こいつには相当な粘着力があるはずだ。

壁に背を付けながら、そろそろと立ち上がった。ハチと顔との距離が近づいてしまうが、やむを得ない。壁に張り付いた姿勢のままで、ヘアスプレーなどが並んでいる棚の方へ、ゆっくりと近づいて行く。

ハチは、床に伏せていた人間が立ち上がったのを、自分への挑戦と受け止めたらしい。何度も顔をかすめるように飛んで、威嚇してくる。

ハチさん、ハチさん、そんなに怒らないでよ。俺は敵じゃないから。ただ、ちょっと、ここから取りたいものがあるだけなんだ。すぐに終わるからね。だから、ほんのちょっとだけ我慢してくれるかな。

なるべくスズメバチを刺激しないようにゆっくり腕を伸ばし、首尾よく、棚から目指すアイテムを取り出すことに成功する。

兜屋《かぶと》メンズスプレー・エクストラハードタイプ。側面に「速乾性硬質ポリマー配合」の細かい霧状スプレーの整髪料と書かれている。そっと蓋《ふた》を外し、スプレー缶を振った。

「たいへん長らくお待たせしました。……これでも喰《く》らえ！」

飛び回るハチに向け、整髪料のスプレーを噴射する。ハチはたちまち固まって墜落する……かに思われたが、いかんせん的が小さすぎて、直撃が取れなかった。刺激臭によって興奮したハチは、反撃に転じてきた。

顔に向かって飛んできたハチを間一髪でかわして、床に尻餅《しりもち》をつく。ひやりとしながら、追撃してこようとするハチに正面からスプレーを浴びせた。しかし、今度も、ぎりぎりのところで向こうが回避した。

しまった。俺は、歯嚙《はが》みした。先制攻撃は失敗に終わった。こうなったら、当分の間は守勢に回り、ハチが接近したときに、スプレーでカウンター攻撃するしかない。ハチの接近を阻んでいれば、刺される危険性は低いはずだが、こんな消極的な戦い方をしていては、いつになったら仕留められるかわからなかった。

とはいえ、空中に噴霧された整髪料は、徐々にだが、確実にハチの翅の自由を奪っていた。粘っこいミストに、目が痛くなり息苦しさも増してきたが、ハチが近づくたびに、スプレーでしつこく出鼻を叩き続ける。

やがて、スプレーが、だんだん軽くなってきた。空になったら、どうすればいいのか。そんな心配をし始めたとき、ようやく目に見えて効果が現れた。

重くなった翅を動かすのに疲れたらしく、ハチが洗面台のガラスの上に止まったのである。

よし、よし。そうだろう、そうだろう。

あれだけ噴射したんだ。効かないわけがない。

俺は、うなずきながら、ゆっくりと身を起こした。スプレー片手に近づいていく。

ハチは、依然として、まったく動こうとしなかった。パンチのダメージの蓄積によってグロッギーになったボクサーのようだった。俺は、少し離れた場所からスプレーしてみて、様子を窺《うかが》った。

だいじょうぶだ。やはり動かない。いや、動けないのだ。さらにスプレーを噴射して、徐々に近づいていった。ますます目が痒《かゆ》く、喉《のど》がいがらっぽくなったが、ここは我慢するしかない。

ハチは、ついに微動だにしなくなった。さらに、至近距離からスプレーを浴びせてやる。もはや、ハチには、飛び立つ余力は残されていない。

ざまあみろ。スプレーをかけ続けると、ハチは透明な接着剤のようなもので覆われて、完全に固まってしまった。スプレーの尻《しり》で胴体を押し潰して、洗面台へと掻《か》き落とした。水を出して死骸《しがい》を流そうとしたが、排水口のストレーナーに引っかかってしまう。

まだ、かすかに前肢《まえあし》が動いていた。

俺は、洗面台に向かった。鏡に映っている脂汗の浮いた顔を見て、すぐに目をそらす。両手で水をすくって顔にかけた。たった一匹を始末するだけで、これほど大汗をかくとは思わなかった。

心臓は今も激しく鼓動を打っている。

落ち着け。平常心を取り戻すんだ。とりあえず、身体に付着しているワインの染み――スズメバチの誘引剤を洗い流さなければ。善後策を考えるのは、その後でいい。

俺は、そっとバスルームの扉を開けた。

思わず、安堵《あんど》の溜め息が漏れる。中にハチはいない。

バスルームの真ん中に鎮座していたのは、JAXSONの巨大な円形のバスタブだった。ゆうにフォルクスワーゲン・ポロの新車が買える値段の代物である。

栓をして、熱い湯を張る。真新しいバスタブに対して、銭湯にあるような2ハンドルの混合水栓は年季が入っていた。水と湯の二つのハンドルを回し、ちょうどいい温度になるよう調整しなくてはならないが、湯のハンドルだけを全開にすると、ほとんど熱湯が出るように設定されていた。

バスタブの横に置いてあった緑色のバスジェルをたっぷり入れてやる。配管を震わせて噴出する湯の轟音《ごうおん》とともに、みるみる泡が盛り上がり、心を落ち着かせてくれるような、ハーブの香りが漂った。

張り詰めていた気が抜けると、俺は、それ以上立っていられなくなり、しゃがみ込んでしまった。左手でこめかみを揉《も》む。

ともあれ、ようやく現状分析をする余裕ができた。

俺は、いったいなぜ、こんな目に遭わされているのか。

今でも認めたくなかったが、夢子が関与しているのは確実だろう。俺が眠っている間に、第三者が音も立てずに侵入して、夢子を拉致《らち》していくのは、まず不可能だからだ。

だったら、夢子は、これを一人で計画したのだろうか。

それも考えにくい。だいたい、どうやって山荘の中にキイロスズメバチを仕込んだのか。しかも、季節外れに活動するようにできたのだろうか。疑問は山積みだが、いずれにせよ、夢子が一人でできることとは思えない。必ず協力者がいたはずだ。

それが誰なのかは、うっすらと見当が付いていた。

あの男だ。名前は……たしか、三沢雅弘《みさわまさひろ》。第一印象から、妙なやつだと思っていた。

4

「失礼します。安斎先生ですよね？　『**死神のノック**』を拝読しましたが、とてもおもしろくて、一晩で読み終えました」

あれは、三、四年前のことだった。大手出版社が主催している、新人文学賞の贈賞式のパーティーだ。会場は大勢の人間でごった返していた。編集者や作家だけでなく、正体のわからない人間もかなり混ざっていた。

あの頃は、パーティー荒らしが多かった。どんな人間でも、出版関係者の名刺を出せば入場できたからである。荒らしの常連が、堂々と飲み食いしながら作家らと談笑している光景も、ごくふつうに見られたものだ。

あの男は、にこやかな笑みを浮かべながら近づいてきた。

長い髪は脂っ気がなく、中高の整った顔はほどほどに日焼けしている。ジーンズと白いTシャツの上に、紺のフランネルのジャケットというシンプルな格好だった。

今思うと、あの素朴な外見のすべては、周到に計算されたものだったような気がする。飾らない好青年というキャラクターを演じるための。

「そう言ってもらえるのは嬉《うれ》しいんだけどね。**『死神のノック』**は、評判も売れ行きも、過去最低に近いんですよ」

ちょうど、安斎智哉はダークな作風がマンネリに陥っていると言われていた頃であり、**『死神のノック』**も一部で酷評されていた。夢子の作品が、テレビ番組で取り上げられたのがきっかけでブレイクし、絵本としては異例のベストセラー総合リストに入ったのとは、対照的だった。

「そうなんですか？　意外だなあ。……あ、失礼しました。僕は、三沢雅弘と言います。新世紀《しんせいき》大学で、もっぱら昆虫の光周性と季節適応に関する研究をしています」

三沢は、名刺を手渡す。

「大学の先生ですか」

「ええ、助教をしています」

俺は意外に思った。研究者タイプにも見えなかったからだ。年齢は三十代の初めくらいだろうか。それでまだ助教の肩書きでは、出世が早い方とは言えないだろう。

三沢は、笑みを絶やさず自己紹介する。自らを昆虫オタクと呼び、実験に必要な昆虫の飼育に明け暮れる毎日だという。昆虫の種類も、アカマダラなどのチョウから、ハマキガ、バッタ、アブラムシ、ツマグロヨコバイなど多岐にわたっているらしい。

「最近は、もっぱらヘボの飼育と実験にかかりきりなんですが」

「ヘボ？」

「ああ、失礼。クロスズメバチのことです。信州では食用にされる種類ですが、地元ではヘボと呼ばれてるんです」

三沢は、クロスズメバチについて熱心に語った。性質が温和で、よほどのことがないと人を刺すことはないが、反面、飼育はかなり難しいという。

「野外で採取した巣を移植するのは、簡単なんです。しかし、女王に一から巣を作らせるとなると、それなりにテクニックが必要になります」

「というと？」

「まず、女王を低温処理しなければなりません。これをやらないと巣を作らないんですよ。自然状態でも、女王が巣を作るのは、冬眠から醒《さ》めてからですからね」

「ハチは、気温が下がると、冬になったと思うわけですか？」

「それは、難しい問題です。これは昆虫全般の話ですが、季節を認識するのは、気温より、むしろ日照時間なんですよ。眼と皮膚にある錐《すい》状感覚子によって光を感知し、日の長さの変化を読み取っているんです」

三沢は、意外に話術が巧みだった。専門的な話にも、ついつい引き込まれ、聞き入ってしまう。

「……まあ、ヘボに比べると、キイロスズメバチなんかは、凶暴な代わりに、少しくらい乱暴に扱ってもだいじょうぶですね。一番タフなのはオオスズメバチです。どんな場所に置いても平気ですし、二つの巣を一緒にしておくと、融合してしまうくらい鈍感ですから」

「ふうん。餌は何をやるんですか？」

「主に、ミールワームとか、コオロギ、蚕なんかの生き餌《え》ですが、魚の干物とかスパム缶なんかでも、別にかまわないです。エネルギー源は、砂糖水でＯＫですし」

しばらくして、三沢は、一方的に自分が話し続けていたことに気がついたようだった。

「すみません。つまらない話を長々として」

「いや、そんなことはないけど。……このパーティーには、どうして？」

「先日、一冊だけ新書を出したご縁なんです。『昆虫たちの日時計』っていうんですが、残念ながら、売れ行きはいまいちです」

「まあ、悪いタイトルじゃないけど、ちょっとパンチに欠けるかな」

そこへ近づいて来たのは、花柄のチュニックブラウスにパンツ姿の夢子だった。

三沢が、ちらりと夢子の方を見やった。その視線に、おやと思う。どう見ても、旧知の、それもかなり親しい人間を見るような感じだったからだ。

「三沢くんは、昔から、智哉さんの作品の大ファンなのよ」

不審に先回りするように、夢子が言う。

「三沢くん？　知り合いなの？」

「実は、高校の同級生。昔っから、虫オタクの変人で有名だったわ」

夢子は、うっすらと笑みを浮かべる。

「ひどいな。まあ、その通りだからしかたがないけど」

三沢は、わざとらしく頭を掻《か》いた。

そういえば、と思う。夢子は、絵も文章も書く絵本作家として一部では高い評価を得ていたが、**『いきるもの　いかすもの』**に始まる『あしなが同盟』シリーズは、すべて昆虫たちが主人公である。もしかしたら、それは、この男の影響によるものではないかという気がした。

俺は、三沢の服装をチェックしてみた。フランネルのジャケットはカシミアのようだし、ジーンズは新品らしかったが、裾《すそ》から覗《のぞ》く靴の踵《かかと》は傷が付き、左右が不均等にすり減っているのが気になった。

三人で雑談している姿は、どちらかというと、若いカップルと、その上司のようである。ぼんやり、そんなことを考えていたら、気がついたときには、三沢を自宅に食事に招くという話が、すっかりまとまってしまっていた。

夢子は、三沢と浮気していたのだろうか。

はっきりとした証拠はなかったが、今の状況を考えると、そうとしか思えない。三沢がクロスズメバチなどの季節認識を研究していたとすると、山荘の内部を暖房することで、真冬でもキイロスズメバチが活動するようにセッティングできたはずだ。

それに、いくらキイロスズメバチが攻撃的な種類だとしても、さっきからの凶暴さは、さすがに度を越している。三沢は、何かの薬品を使うことでキイロスズメバチの攻撃性を高めるような工夫をしたのかもしれない。

だとしても、なぜ、そこまで手の込んだ真似が必要だったのか。

浴室の中に湯気が充満し、徐々に暖かくなってきた。俺は、大きくあくびをする。

俺を殺したいだけだったら、眠っている間に、それこそ、いくらでもやりようがあったはずだ。

わざわざ、俺が最も恐れているスズメバチを使ったことには、何か意図があったはずだ。まさか、苦しめることが目的だったとは思いたくないが。夢子は、俺に対して、そこまで深い恨みを抱く理由があるのだろうか。

泡が盛り上がりすぎて見えないが、充分な湯量になったようだった。俺は、熱湯と水の栓を閉めると、温度が均等になるよう左手で掻き回した。それから、下着を脱ぎ捨てて、キングサイズのバスタブに入った。

熱めの湯のぴりぴりするような刺激が、爪先から這《は》い上ってきた。泡の中に身を沈め、ゆっくりと身体を浸すと、冷たく強張《こわば》った全身の筋肉が温められて、勢いよく血液が巡り始めた感じがする。

当面の危機は去ったが、不安は逆に強まった。何と言っても、今ぐらい無防備な状態はないのだ。裸でスズメバチと直面することを想像すると、温かい湯に浸《つ》かっていてさえ、身の毛がよだつ。思わず、折りたたみ式になったバスルームの扉をまじまじと見た。

だいじょうぶだ。完全に密閉されていて、ハチが入ってこられるような隙間はどこにもない。その向こうには、洗面所のドアという防壁があるから、バスルームは、ハチからは二重に隔離されていることになる。

そう考えると、ようやく安心して、一体成型された巨大なアクリル製のバスタブの中で手足をいっぱいに伸ばすことができた。

……同じ入浴でも、こうも違うものだろうか。俺は、吐息をついた。

幼い頃に通っていた銭湯は、広々として気持ちがよかったが、行き帰りに十分も歩かなくてはならず、真冬など、家に帰り着いたときには、すっかり身体が冷え切っていたものだ。初めての内風呂《うちぶろ》は、木製だった。今でこそ木の浴槽には高級品のイメージがあるものの、檜《ひのき》の香りとは無縁のただの木であり、長年使っているうちに、表面にささくれができて、無意識にそれを剝《む》いていて、ひどく怒られた記憶がある。

次に、色褪《いろあ》せた青いホーローの浴槽が、脳裏に浮かんだ。小さすぎて満足に脚を伸ばすこともできず、じっと膝《ひざ》を抱えて座っているしかない。それは、あのアパートでの惨めな生活を象徴するような姿勢だった……。

俺は、首を振ると、さっき噴射した整髪料がべっとりと付いた眼鏡を外して、レンズを洗った。いいかげんにしろ。現実逃避に耽《ふけ》っている時間はないのだ。

泡に埋もれながらヘッドレストに頭をもたせかけ、目を閉じて集中する。

ふっと脳裏に浮かんだのは、床に落ちていた夢子のバスローブだった。

……夢子は、単に神経質というより、強迫神経症に近い性格だ。通常なら、脱いだ服を、あんな状態のまま放置しておくはずがない。

だったら、なぜ、あんなふうになったのだろう。俺は、うっすらと目を閉じた。

夢子が、あわただしくバスローブを脱いでいる様子が浮かんだ。

俺の方は、ウォーターベッドで高いびきを掻いている。彼女は、俺が起きないうちに、早く部屋を出たい。だから、脱いだバスローブは、床に落ちるにまかせて、一路出口へと急いだのだろうか。

いや、そうじゃない。そんなに急いでいるなら、部屋の中でバスローブを脱がなければならない理由はない。とにかく、まずは部屋を出るだろう。

もしかすると、こうではなかったのか。

夢子は、暗闇の中で佇《たたず》んでいる。ベッドに横たわっている俺が熟睡しているかどうか、確信が持てないのだ。万一、俺が急に目を覚まし、部屋から出るところを見咎《みとが》められたら。そう思うと、動くことができない。にもかかわらず、早くここから出たいと気がせいて、暗い部屋での待ち時間を無為に過ごすことに耐えられなかった。

だから、夢子は、暗闇の中で静かにバスローブを脱いだのだ。バスローブは、音もなく床に落ちる。

やがて、俺の寝息が安定したのを確認すると、抜き足差し足で部屋を出て行った……。

俺は、深い溜《た》め息をついた。

この想像が当たっているとすると、やはり、彼女がこの罠《わな》を仕掛けた張本人としか思えなかった。

俺は、ナイロンタオルで胸のあたりをごしごしと擦《こす》った。あのワインの染みも、こぼしただけではない。おそらく、バスローブの上から素肌に染みるように垂らされていたのだ。ただのワインではなく、スズメバチの誘引剤のようなものが含まれていたのかも。

スズメバチの体液の付着した右手は、ずっと痒《かゆ》くてしかたがなかったが、湯の中で揉《も》むうちに、だんだん症状が薄らいでいった。

それにしてもと、俺は思った。

朝目覚めたとき、寝室のドアは閉まっていた。あのスズメバチは、いったいどこから、寝室に入ってきたのだろう。

ドアには、どこにもハチが這い込めるような隙間はなかったはずだ。だったら、夢子が、部屋を出る前に放したのだろうか。いや、それも考えにくい。ハチの羽音などで目覚めてしまう可能性がある。少なくとも、暗闇の中でバスローブを脱いだ行動とはマッチしない。

はっとした。

この山荘には、各部屋の天井に換気口があるのだ。

眼鏡をかけて、ゆっくりと頭上に目をやったとたん、凍りつく。

換気口のルーバーの間から、今しも一匹のハチが出てくるところだ。続いて、もう一匹。まるで熱に引き寄せられてやって来たかのように。

……しまった。俺は愕然《がくぜん》とし、自分の迂闊《うかつ》さを呪った。もう少し早く気がついていれば、換気口を塞《ふさ》ぐこともできたのに。

そっと立ち上がって、バスルームを出ようかと思う。しかし、中腰になったところで、スズメバチは威圧的な羽音を立てて頭上を掠《かす》めた。

だめだ。敵はすでに臨戦態勢に入っている。このまま無防備に全裸の身体をさらすわけにはいかない。

俺に考える暇を与えぬかのように、再びハチが襲来してきた。俺は、泡に顔を突っ込みながら、危ういところで身をかわした。

いつのまにか、ハチは三匹になっている。部屋が暖かいせいなのか、妙に興奮しているようだった。続いて、四匹目が参戦する。

ナイロンタオルで叩《たた》き落としてやろうか。だが、それで一匹は殺せたとしても、残ったハチは、ますます猛《たけ》り狂って攻撃してくるに違いない。

第三波のハチの攻撃。考えている暇はなかった。俺は、手足を縮めて仰向けに沈み込む。ざぶざぶと湯が溢《あふ》れた。バスジェルが目に染みたが、我慢して大きく目を見開き、上空の様子をたしかめる。

水面すれすれを飛ぶハチの影が見えた。水中からは羽音は聞こえない。くそ。どうすればいいんだ。

心臓が早鐘を打ち、肺の中の酸素は、あっという間に底を突く。

とうとう我慢しきれなくなって、湯から頭を出した。必死で息を吸い込むと、目の前にスズメバチが迫った。再び、湯の中へ逆戻りする。

いつまでもこんな事を続けていたら、いつかは刺されてしまう。何とかして逃げるか、それとも、スズメバチどもを戦闘不能にするかしかなかった。

俺は、そっと右手を水面から出すと、すばやく湯のハンドルをひねった。ハチの標的になる前に、手を湯の中に引っ込める。

これで、ほどなく、バスルームの中はもうもうとした湯気に覆われるだろう。

『スズメバチ・ハンドブック』には、やつらは小雨が降っていても飛ぶことができると書いてあった。とはいえ、湯気で翅が湿った場合は、さすがに飛行に困難を来すのではないか。

　もはや、上の状態は、靄《もや》がかかったように、まったく見えなかった。ぎりぎりまで息をこらえてから、再び頭を出した。ハチは依然として飛び回っているばかりか、さらに数が増えているようだ。

　湯気を含んだ空気を肺いっぱいに吸い込んで、もう一度、湯の中に避難した。

　熱い……。熱湯を足しているのだから当然である。これでは、ハチが飛べなくなる前に、こちらが茹《ゆ》だってしまう。

　俺は、水面から手を伸ばし、シャワーヘッドを取った。低い方のフックにかけてあったのは幸運だった。すばやく、シャワーとカランを切り替えるレバーをシャワー側に倒す。

　水面から潜望鏡のようにシャワーヘッドを突き出し、噴き出す熱湯を、バスタブの外に向けた。これで湯温の上昇は止められたが、すでに生粋の江戸っ子でも浸かっているのは辛《つら》い温度になっている。いつまでも我慢はできないだろう。

　こうなったら、一か八か戦うしかない。俺は腹を決めたが、ナイロンタオルを振り回したくらいでは、とても複数のハチは相手にできそうにない。効果がありそうな戦い方は、たった一つしか思いつかなかった。

心臓の鼓動が、さらに速くなった。

決死の覚悟で浮上すると、死に物狂いになってシャワーを噴射する。

スズメバチは、唸《うな》りながら周囲を飛び回った。シャワーヘッドを小刻みに振って湯気のバリアを張り、熱湯の水流で攻撃した。

最初はなかなか当たらなかったが、一匹のスズメバチを熱湯が直撃した。そのとたん、あっけなく落下する。絶命したようだ。

さしもの凶暴なスズメバチも、熱湯を浴びせられると、ひとたまりもないらしい。ニホンミツバチの巣を襲うときには、たくさんのミツバチがしがみついた蜂球で熱死させられるくらいだから、もともと熱には弱いのかもしれない。

よし、勝機は見えた。

絶対にハチを近づけないように守備に重点を置きながら、安全な距離から一匹ずつ狙い撃ちしていく。

このとき、浴室内には、まだ五匹のハチが残っていた。ばらばらな五つの軌跡を描いて飛び回るハチを、熱湯のゆるやかな放物線で捉《とら》えるのは、難しそうだった。

それで一計を案じ、シャワーヘッドを煽《あお》って、宙に熱湯の粒を撒《ま》き散らした。さらに、天井や壁に熱湯を跳ね返らせる。室温だけでなく壁や天井も熱くなるにつれ、四方八方から降り注ぐ雫《しずく》もかなりの高温になった。

しだいに、人間側が有利であることが、あきらかになってきた。もはや、スズメバチは、こちらを攻撃するどころか、逃げ場すら失いつつある。

それでも手を緩めず、数分間、奮闘を続けた末に、四匹のハチを撃墜することができた。残りの一匹は、換気口から逃げたらしい。

戻ってこないように、換気口の上にもたっぷりと熱湯をかけてから、湯の栓を止めた。バスタブの縁に乗って、シェービングフォームで換気口にバリケードを築く。一缶の残りを使い切って、泡をてんこ盛りにしたので、当分の間は侵入を阻めるはずだった。

本当に、危機を脱したのだろうかと思う。自分でも、まだ信じられなかった。一時は、どう考えても絶体絶命に思えたからだ。しかし、これで当面は安全だろう。

とはいえ、勝利の余韻に浸っている余裕はなかった。破れかぶれな戦い方をしたため、我が身も無傷とはほど遠いのだ。右手と前腕部は真っ赤になり、ひりひりする痛みが走る。さらに、熱湯のとばっちりにより、首筋から肩にかけて、あちこちに火傷《やけど》を負っている。眼鏡をかけていたおかげで、目が無事だったのが、僥倖《ぎょうこう》に思えるほどだった。

そっとバスルームの扉を開けて、洗面所にはハチがいないことを確認した。それから、今度は洗面台に乗ると、天井の換気口にティッシュペーパーをぎゅうぎゅうに詰め込んで塞いだ。

火傷した腕が、ひどく痛む。応急処置で冷たい水をかけ患部を冷やしたが、このままの状態では危険である。上から包帯を巻くなどの手当てが必要だった。

俺は、洗面所に置いてあった新しい下着を身に付け、その上から薄い色のバスタオルを三枚身にまとう。一枚は腰に巻き付け、一枚は肩にかけ、もう一枚はターバンのように頭に巻いた。スズメバチは、天敵である熊を警戒するために、黒い色に反応し攻撃的になる。髪の毛や陰毛は隠しておかなければならない。

これからもう一度、危険地帯である廊下を通る必要がある。胸に付いた臭いは洗い流せたから、さっきより条件は好転しているはずだ。

とはいえ、一度刺されたら終わりという危険な状況は、相変わらずである。

換気孔を通路にしているのなら、ハチは、どこにでも現れる。いつでも対処する準備をしておかなくてはならない。

そのとき、ふと、新たな疑問が浮かんだ。換気孔に自由にアクセスできるとするなら、キイロスズメバチの巣は、いったいどこにあるのだろうか？

5

人生で大切なことは、すべて、国語辞典に書いてある。試しに、「息災」と「即死」を見てみろよ。本当に、すぐ近くにあるのがわかるから。

じゃあ、この二つの言葉の間を隔ててるものは、いったい何だと思う？

「俗才」と「速算」だよ。


安斎智哉の代表作の一つと言われている、『**死神の羽音**』の一節だった。

もともと単なる語呂《ごろ》合わせにすぎないし、実際に辞書をめくってみれば、「賊塞《ぞくさい》」とか「族殺《ぞくさつ》」など別の単語もいくつか間に入っているのがわかるが、現在の状況に照らすと、奇妙なまでに示唆的な気がする。

生と死を分けるのは、第一に俗才——今の場合は、世故に長《た》けているということより、実践的な知識の有無だろう。スズメバチの習性や、山荘内にある利用可能な道具について、どの程度正確に理解、把握しているかだ。

速算は、とっさの判断力を意味している。極限状況で生き延びるには、すばやい決断が不可欠となる。躊躇《ちゅうちょ》や逡巡《しゅんじゅん》は、即、死を招くことになる。リラックスしろ。身体の力を抜け。ハチが出現したら、立ち止まって考えるんじゃない。直感で行動するんだ。

ハチが二酸化炭素に反応するかどうかは不明だったが、念のため、吐いた息がなるべく拡散しないように下を向きながら、ゆっくりと廊下を進んだ。

途中にある木の扉を開けると、中は物置になっていた。左右は天井まで作り付けの棚で、その間には、ぎりぎり人が入れるスペースがある。

そっと中に入って、物置の扉を閉めると、真っ先に天井を確認した。やはり、ここにも換気口がある。棚を調べてガムテープを見つけると、左右の棚に足をかけてよじ登った。ルーバーの細い隙間にガムテープを貼って塞《ふさ》ぐ。

これで一安心だ。この物置は、ハチが侵入できない安全地帯になった。危なくなったら、ここに逃げ込めばいい。最悪の場合でも、武松がやって来るまでの間、ここに籠城《ろうじょう》できる。ようやく確実な生への道筋が見えたことで、心に余裕が感じられた。

しかし、よく考えると、まだ、それほど楽観はできない。そもそも、武松が本当に今日やってくるかどうかが不確定である。おそらく、林道には、かなりの積雪があるだろう。もしスタッドレスタイヤを履いていなかったとしたら、通行できないかもしれない。

それに、物置の中からでは、外まで声が届かない。武松が到着したところで、留守だと思って引き返してしまうかもしれない。いずれにしても、今すぐにここに立て籠《こ》もるのは最善の策とは思えなかった。

とりあえずは、火傷の手当てだ。木製の救急箱は、すぐに見つかった。中には、消毒薬や包帯、絆創膏《ばんそうこう》などが一通り揃っている。

火傷の上には何も付けない方がいいことは知っていたが、抗生物質入りの軟膏があったので、赤剝《あかむ》けになった右腕の皮膚に塗って、上から包帯でぐるぐる巻きにする。首筋から肩にかけては、同じ軟膏を塗り、大判のバンドエイドを何枚も貼った。

火傷のダメージそのものより、皮膚のバリアが破れたことの方が問題かもしれない。スズメバチには、敵を刺すだけでなく、毒液を噴射するという厄介な性質があるからだ。万が一、火傷の上に毒液が付着したら、刺されたのとほとんど変わらない結果になるかもしれない。

棚に黒いポリエチレンのゴミ袋があったので、三カ所に穴を開けて貫頭衣のようにかぶった。首の隙間はガムテープで塞ぐ。さらに、もう一枚で即席の腕カバーを作り、包帯を巻いた右腕にかぶせた。こちらも手首と肩の部分はガムテープで幾重にも巻く。

動きは不自由になるだろうし、蒸れることも覚悟しておかなければならない。それでも、これで火傷した皮膚をスズメバチの毒液から守ることができる。

火傷の手当てが終わると、左右の棚を見ながら、役に立ちそうな物品をピックアップした。懐中電灯、今使ったばかりのガムテープ、虫除《よ》けスキンガード、ビニール紐《ひも》、ポリ袋、チャッカマンなどを、手当たり次第に古いモンベルのバックパックに詰め込んでいく。

古いラジオと単四電池のパックが見つかったが、役に立つとは思えないので置いていくことにした。UFOのような形をしたロボット掃除機も、まったく使い途《みち》がないだろうし、小型の脚立も当面は必要ない。

一番欲しかったのは、強力な殺虫剤だったが、ごくふつうのイエバエ用の殺虫スプレーしか見つからなかった。こんなもので戦意旺盛《おうせい》なスズメバチを撃退するのは不可能である。殺虫剤のかかったハチがいずれは死ぬとしても、その前に刺されてしまったら、まったく意味がないのだ。それでも、一応は持って行くことにしたが、使い途は限られるだろう。ハチが近づく前に、大量に噴霧して牽制《けんせい》するくらいだろうか。

それでも、どこかにスズメバチ専用の殺虫剤があるはずだと信じて、棚の奥を引っかき回して探したが、見つかったのは、六～八畳用の「バリサン」——火を使わない燻蒸《くんじょう》式の殺虫剤が一缶だけだった。ほとんどの昆虫やダニを殺せると書いてあるので、おそらく、ハチにも効くはずだった。部屋を密閉しなければならないため、使い方はかなり制限されるだろうが。

あきらめかけたときに、棚の一番下にある蓋《ふた》のない段ボール箱に目がとまった。はっとして、引っ張り出す。塗料や潤滑剤など、上の段には入らない背の高いスプレー缶が十数本立ててあった。

中に、透明なカバーの付いた黒っぽいスプレーがあった。

これだ。俺は、思わず両の拳《こぶし》を握りしめた。ハイパースズメバチブラスト480mlとある。効能書きによれば、スズメバチに対して特に優れた効果を発揮するハチ専用の殺虫剤で、無風状態なら、水平噴射で四〜六メートル、高さ三メートルまで薬剤を噴射できるらしい。

しかしながら、心躍るような謳《うた》い文句とは裏腹に、缶は悲しいまでに軽かった。振ってみると、わずかに液体が残っている手応《てごた》えはあるが、せいぜい一、二回分だろう。ちくしょう。俺は唇を嚙《か》んだ。いったい何に、こんなに使ってしまったのか。庭に来たアシナガバチか何かを見つけて、無闇に噴射しまくっていたのだろうか。

……いや、待て。すべては、去年の、あの事件のせいだ。

俺は記憶をたぐり寄せた。去年の夏は、ひどい猛暑で、これだけ標高の高い場所にある山荘でも、気温はうなぎ登りだった。エアコンを取り付けようか真剣に悩んだほどである。しかも、空気が薄いために直射日光は下界以上に厳しく、山荘から外に出るときは麦わら帽子とサングラスは欠かせなかった。

そのときの顚末《てんまつ》は、新聞に載った『襲撃』というエッセイに書いていた。

スパイシーなビーフ・シチューの匂いが漂ってくる。仕上げに使うイタリアンパセリを取ってきてほしいと妻に頼まれた私は、渋々と重い腰を上げた。

家庭菜園は山荘の裏手にあり、インゲンや枝豆、ミニトマトなどが収穫期に入っていた。青々と葉の茂った支柱の間を見て回るが、どこにもイタリアンパセリはなかった。妻の勘違いだろうか。

引き返そうとしたとき、私の耳は、ぞっとするような音を捉《とら》えた。

ハム音だ。薄膜が高速で振動する昆虫に特有の羽音。ミツバチやマルハナバチではなく、はるかに大きくて、威嚇的な。視線を巡らせると、近づいてくる巨大な虫の姿が目に入った。赤黄色の地に虎のような黒い縞《しま》がある。……スズメバチだ。

慌てるな。相手を刺激しないよう、すみやかにこの場を離ればいい。スズメバチの巣のそばでないかぎり、むやみに攻撃してくることはないはずだ。

だが、このスズメバチは、獲物を狙うハンターのように距離を詰めてきた。早足で逃走を図るが、退路を塞がれる。逆方向に回っても、スズメバチは、私の顔を掠《かす》めるように先回りした。

どうして、こちらは何もしていないのに、攻撃しようとするんだ。

夢中でガレージに飛び込むと、スズメバチが追尾してきた。スズメバチ専用の殺虫剤が目に飛び込む。すばやく缶をつかむと、振り向きざま噴射した。

スズメバチは、平衡感覚に異常を来したらしく、ガレージの内壁にぶつかりながら荒れ狂った。狙い澄ました第二撃が、再びスズメバチを捉える。三回目で、敵はあっけなく落下した。

肢《あし》をばたつかせている昆虫に近づき、とどめの噴射をくらわせてやる。怒りも手伝って、、さらにしつこく大量の薬液を浴びせかけた。

ほっとして敵を見下ろし、違和感にとらわれる。こいつは、本当にオオスズメバチなのか。

ゴミ拾い用のトングで、昆虫の死骸《しがい》を挟んで、ひっくり返してみた。

違う。オオスズメバチじゃない。いや、ハチですらなかった。

体軀《たいく》の大きさと縞模様は似ているが、決定的な違いは頭部だ。凶悪な面構えのスズメバチとは違う、ハエを思わせる単純な形の眼球。

昆虫図鑑で確認すると、アカウシアブだった。日本最大のアブで、人や牛馬から吸血する害虫である。執拗《しつよう》に追いかけてきたのも、私の血を吸いたかったからだろう。

俺は、ハイパースズメバチブラストの缶を見ながら溜《た》め息をつく。アブごときに怯《おび》えて殺虫剤を浪費しなければ、まだまだ充分な残量があったはずなのに。

それから、ふと頭をもたげた疑惑に、眉根《まゆね》を寄せた。

単純に、見落としていただけかもしれないが、菜園には、やはり、イタリアンパセリはなかったんじゃないかと思う。だとすると、夢子の勘違いだったのか。

いや、そうとは考えにくい。特に、現在の状況と合わせて考えた場合、心証は限りなくクロに近かった。

夢子は、嘘をついて、俺を菜園に行かせようとしたのだ。なぜか。答えは一つしかないように思える。

夢子は、キッチンの窓から、菜園を飛び回っている虫の姿を目撃したのだ。遠目には、アカウシアブはオオスズメバチと判別しづらい。

それで、俺を菜園に行かせて、あわよくばスズメバチに刺されて死ぬことを期待したのだろう。

だとすると、夢子は、すでにあの時点から、俺に対する強固な殺意を抱いていたことになるが……。

いずれにしても、いつまでもここで考え込んでいるわけにはいかなかった。頼みの綱のハイパースズメバチブラストは、せいぜい一、二回分の残量しかないだろうが、このまま籠城《ろうじょう》するという選択ができないのなら、ここから出て、積極的に生き残りのための方策を講じなければならない。

それにはまず、まともな服が必要だった。

6

安全地帯である物置から出るには、ありったけの勇気を振り絞らなければならなかった。どこからか羽音が聞こえてこないか耳を澄まし、そっと扉を開ける。だいじょうぶだ。ハチはいない。廊下は、静まりかえっていた。

バックパックを抱え、足音を忍ばせて廊下に出る。走りたくなるのを何とか我慢して、ゆっくりと歩く。右手にハイパースズメバチブラストのスプレーを構え、音がしないよう寝室のドアを開けた。

部屋の様子は、目覚めたときと同じだった。さっきは二匹のキイロスズメバチが残っていたはずだが、姿が見えなかった。換気口を通ってどこかへ行ってしまったらしい。

中に滑り込んで、そっとドアを閉める。物置のように天井の換気口を塞《ふさ》いでおきたかったのだが、脚立がないので断念する。とりあえず、クローゼットの引き出しを開けると、着るものを探した。下着はともかく、上に着るのはスズメバチを刺激しない白っぽい色の服がいいだろう。黒いゴミ袋と腕カバーを隠すために、白いウールのセーターと生成りのチノパンを選んだ。頭には、洗面所から持ってきたバスタオルを巻き直す。

できれば、この上にダウンジャケットのようなものを着られれば、防ハチと防寒の両面で完全武装になると思ったが、厚手のコートやジャケットの類《たぐい》はまったく見当たらなかった。たぶん夢子が、あらかじめ処分してしまったのだろう。

しかたなく、このままの服装で行動することにした。何を着たところで、スズメバチの針に対して完璧《かんぺき》な防御は不可能である。

再び廊下に出るために、薄めにドアを開けてみた。すると、今度は羽音が聞こえてきて、ぎくりとした。

いる。二、三匹のキイロスズメバチが、二階の廊下を行ったり来たりしているのだ。どうする。いなくなるのを待つか。しかし、それまでにはかなり時間がかかりそうだ。ここで足止めを食っている間に、天井の換気口から別働隊が入ってきたら、逃げ場を失うことになりかねない。

俺は、バックパックから虎の子のバリサンを取り出した。本当は、密閉した部屋でこそ真価を発揮するのだが、今は出し惜しみしているときではなかった。

水を使う必要がないタイプだったのは、幸運だった。俺は、バリサンの蓋《ふた》を取り内側のシールを剝《は》がす。蓋の表にある茶色い擦り板で、容器の中央にある丸いヘッドを擦《こす》った。一瞬炎が上がり、数秒すると、白い煙が出始めた。

すばやくドアを開けて、バリサンを廊下に滑らせると、すぐにドアを閉めた。

十秒ほど待ち、再びドアを開ける。廊下の中央にある缶からは、発煙筒のように白い煙が立ち上っていた。周囲にスズメバチの姿はない。

俺は中腰になって廊下に出た。煙を吸い込むと咳《せき》が出そうだったので、息を止めたまま階段を下りる。

今度は、広間を突っ切って玄関に行くまで邪魔は入らなかった。そっとキーボックスの蓋を開けて、中を確認する。

最初から確信していた通り、車の鍵《かぎ》は一つもかかっていなかった。

それでも、このまま外に逃げ出したいという抗しがたい誘惑を感じる。とにかく、ハチから遠ざかって、死の恐怖から逃れたかった。

とはいえ、その後どうするかまで考えが及ぶと、二の足を踏んでしまう。この寒さでは、戸外に長く留《とど》まるのは無理だろうから、いずれは、山荘内に戻らざるを得ないだろう。

外に出るにしても、その前に一つやっておくべきことがある。俺はキッチンを目指した。

『スズメバチ・ハンドブック』によれば、キイロスズメバチの巣には、平均数百匹から大きいのものでは千匹を超える成虫がいるはずだ。このままの状態では、どこへ行っても鉢合わせしてしまう。少しずつでも、相手の戦力を削っておこうと思った。

キッチンの中では、数匹のスズメバチが羽音を立てて飛び回っていた。食べ物の臭いを嗅《か》ぎ付けてきたのだろう。

迷っている場合ではない。俺は、二缶目——つまり最後のバリサンを使うことにした。キッチンを燻蒸《くんじょう》してドアを閉めると、一分間待つ。もう一度ドアを開けると、二、三匹の死骸《しがい》が床に落ちていた。残りは撤退したらしい。空気は白く煙っている。息を止めたまま椅子に乗って、天井の換気口をガムテープで塞いだ。今度はドアを閉めると、窓を開けて空気を入れ換える。

外の空気は身を切るように冷たく、軽装の俺は身震いした。吹雪は、一時的に収まっているようだが、まだ、ちらほらと雪が舞っている。

とても我慢できなくなって、一分もしないうちに窓を閉めるしかなかった。キッチンの空気は、まだいがらっぽかったが、しかたがない。

冷蔵庫やシンク、カウンターの下の引き出しから、使えそうなものを、手当たり次第に取り出していく。

料理用のワイン。料理酒。みりん。芋焼酎《いもじょうちゅう》。ジン。ブドウジュース。オレンジジュース。カルピスぶどう。砂糖。蜂蜜《はちみつ》。ワインビネガー……。

次に、手頃な大きさの容器や空き瓶、ペットボトルなどを選んで、床に並べた。

俺が作ろうとしていたのは、スズメバチ用のトラップだった。構造は単純そのもので、瓶などの中に、アルコールとジュースなどをミックスした液体を200~300ミリリットル入れておくだけである。甘い香りに誘われたスズメバチは、中に入って溺《おぼ》れて出られなくなるという仕組みだった。スズメバチの被害の多い公園や緑地では、このやり方で多くの成虫を捕獲しているという。

スズメバチを誘引するのに最適な組み合わせは、どれだろうか。俺は、『スズメバチ・ハンドブック』をめくった。スズメバチは、イソアミルアルコールや乳酸エチルの香りに惹《ひ》きつけられると書いてあったが、それらが、どんな飲料にどれだけ含まれているのかは載っていなかった。

しかたがないので、勘で適当に組み合わせるしかなかった。ワインとブドウジュース、料理酒とオレンジジュース、芋焼酎とカルピスぶどうなど。水で割って砂糖やワインビネガーを加え、少量ずつ瓶に注いで完成である。後は、このトラップを要所要所に仕掛けてやればいい。

一個は、そのままテーブルの上に置いておくことにした。

キッチンを出る前に、役に立ちそうなアイテムを物色しておく。

まずは、メリケン粉だった。頭に被《かぶ》っているタオルが落ちたときに備え、髪の毛に粉をまぶして少しでも白くしておく。さらに、備え付けの小型消火器も持って行くことにした。ハチを殺すのは無理でも、噴射で吹き飛ばすことならできるはずだ。

鋭利な包丁はあったが、相手が小さすぎて武器には不向きだ。他に何かないかと思い、片っ端から引き出しを開けてみる。ナイフやフォーク、スプーン、テーブルクロスなどが見つかった。別の引き出しには、コーヒー豆や、薫製用のスモークチップなども入っていたが、どれもあまり役に立ちそうもない。結局、持って行くことにしたのは、マッチと紙ナプキン、食用油、ペーパータオルだけだった。

最後の引き出しには、様々な種類のワイン・オープナーが入っていた。ソムリエナイフ。T字形。スクリュー・プル式。ダブルアクション・プル式。ダブルアクション・レバー式。ガス式。エアポンプ式……。

ちょっとしたコレクションだが、これらを使ってスズメバチと戦う方法を編み出せたら、真の天才と呼ぶにふさわしいだろう。

ふと、寝室に残されていたT字形のスクリュー式オープナーのことを思い出す。柄がプラスチックの安物で、まっすぐ捻《ね》じ込むのは難しく、引き抜くのも一苦労である。こんなに多種多様なオープナーが揃っているなら、何も、あんなものを使うことはなかったのに。

ぼんやりと、そんなことを思いながら引き出しを閉めかけたが、途中で、ぴたりと手が止まった。

目を奪われたのは、エアポンプ式のワイン・オープナーだった。小さな手押しポンプに付いた太い注射針をコルクに貫通させ、エアを注入してコルクを押し出す仕組みである。ヴィンテージ・ワインなどでは、むやみに内圧を高めると瓶が破裂する危険性があるので、かなり使いづらい代物だった。現に、これも、ほとんど使用された形跡がない。

だが、もしかしたら、俺には、これが必要になるときが来るかもしれない。

頭に浮かんでいたのは、**『固茹《ハードボイルド》でハンプティ・ダンプティ』**の、壮絶なクライマックス・シーンだった。

俺は、ごくりと唾《つば》を飲み込むと、ポンプ式ワイン・オープナーをバックパックの中へと放り込んだ。万が一、本当にこんなものに頼らなければならなくなったら、その時点で、すでに事態は絶望的だろうが。

ぱんぱんに膨らんだバックパックを肩にかけて、たくさんのトラップを載せたワゴンを転がしながらキッチンの扉を開ける。再び緊張が高まり、血圧が上がるのがわかった。

いない。そう思ってキッチンから滑り出たとき、一匹のスズメバチがこちらへ向かって飛んでくるのが見えた。

とっさに、ハイパースズメバチブラストの狙いを付けたが、ぎりぎりのタイミングで、噴射を見合わせた。そのまま、静かにワゴンから離れる。

思った通り、スズメバチは、俺ではなく甘い香りを発散しているトラップの方に飛んでいった。いの一番に選ばれたのは、芋焼酎にカルピスぶどうを組み合わせ、仕上げに、蜂蜜とワインビネガーを加えたボトルである。

ハチは、ペットボトルの口から中へ入って行く。しきりに翅《はね》を震わせて姿勢を保ち、甘露に向かって降下していくが、肢《あし》の先が粘りけのある液体に触れたとたん、表面張力で身動きが取れなくなってしまった。甘い罠《ハニー・トラップ》の犠牲者、第一号である。

よし、反撃開始だ。俺はトラップが成功したことで気をよくしていた。あちらこちらに、こいつを仕掛けてやろう。うまくいけば、敵の戦力を百匹か二百匹は削ることができる。迅速にやらないと、逆に、我が身にハチをおびき寄せることになってしまうが。

俺は、ワゴンを押して広間に戻った。複数の羽音が聞こえてくる。ちょっと前だったら浮き足立っていただろうが、何度も危機を乗り越えてきた今は強気になっていた。相手は、しょせん虫けらだ。うまくやり過ごして、トラップに誘い込めばいい。

西遊記を思い出す。金角と銀角が使う魔法の瓢箪《ひょうたん》のエピソード。名前を呼ばれて返事をすると、たちまち瓢箪の中に吸い込まれ、溶けて酒になってしまう。

季節外れのスズメバチ酒を作ってやるのも一興だろう。

すでに一匹を捕えたペットボトルを一個床に置き、ハチを刺激しないよう、ゆっくりと広間を回ろうとした。だが、そのときになって、敵を甘く見すぎていたことに気がつく。数匹が編隊を作り、真正面から行く手を阻んできたのだ。

別のトラップを一個床に置くと、すばやく後退したが、そちらに向かったのは一匹だけだった。残りは、まだ四、五匹はいる。左右に散開すると、こちらを押し包むような攻撃態勢を取った。

しまった。このままでは逃げられない。

考えるより前に、身体が反応した。正面に向けて、ワゴンを思いっきり強く押しやる。重い瓶を満載したワゴンは、絨毯《じゅうたん》の上をごとごとと滑って行った。

今度は、ハチの態度にも変化があった。ほとんどが方向転換し、ワゴンを追ったのだ。

よし、行け！　向こうへ行くんだ。あっちの水は甘いぞ。

俺は、後退して、ハチの群から遠ざかろうとする。しかし、一匹だけ変わり者がいて、さらに俺を追及するつもりらしく、前に出てきた。

このヘソ曲がり野郎が。どうして、おまえだけは向こうに行かないんだ？

ぶんぶんと羽音を立てている姿は、かつて俺をねちねちと叱責《しっせき》した課長を思わせた。

アンザイ。おまえ、やる気あんのか？　あ？　いったい、どういうつもりだ？

さすがに、我慢の限界だ。営業日報は嘘でごまかせても、数字は嘘をつかないんだよ。これまでは、上に対しても、おまえのことを庇《かば》ってやってたが、これ以上は無理だな。

うちの会社は、別に、失対事業をやってるわけじゃねえんだよ。

おまえには、しょせん営業は向いてねえようだな。まあ、他に向いてる仕事があるとも思えんが。

うるさい。黙れ。

俺は、ハイパースズメバチブラストを構えた。思い知らせてやろうか。こっちの水は、死ぬほど辛いってことを。

瞬間、脳裏に、めちゃめちゃになったオフィスの映像がフラッシュバックした。惰性で動いていたワゴンは、絨毯からフローリングの上に出た。車輪の音が変わって、動きも滑らかになる。しかし、なぜか途中で向きを変えると、壁際のキャビネットにぶつかった。ワゴンは、その衝撃で横倒しになってしまい、上下二段に載っていたトラップもひっくり返る。

苦心して作った超甘口のカクテルが、むなしく床の上に流れ出ていった。

俺に一騎打ちを挑もうとしていた一匹も、強く漂ってきた香りに惹《ひ》きつけられたのか、短い弧を描いて横転したワゴンの方へ向かう。

当面の危機は去ったが、この結果には、落胆するよりなかった。あんなに手間をかけたのに、結局、捕えられたのは、たった一匹である。これでは、まるで敵に食糧援助をしてやったようなものではないか。

その間、広間には、スズメバチが集結してきていた。二階からも、天井の換気口からも、続々と後詰めの部隊がやって来る。

ここは、留《とど》まるには危険すぎる場所になりつつあった。だが、山荘の外へ出るドアにも、二階へ向かう階段へも、スズメバチが大宴会をやっている真ん中を突っ切らないことには、辿《たど》り着けない。

残された道は、二つしかなかった。キッチンへ引き返すか、それとも地下室に避難するかである。

いや、もう一つだけ手はある。窓を開けるか破るかして、室内に冷たい外気を入れれば、ハチは活動が困難になって、広間から逃げ出すはずだ。

しかし、興奮し酔っ払ったハチが乱痴気騒ぎを繰り広げている今、窓の方に近づくのは危険だった。

だったら、花瓶か何かを投げつけて、窓ガラスを破ろうか。

……いや、それは不可能だ。山荘の窓に嵌《は》まっている、二重《ペア》ガラスのことを思い出す。外側は単なるフロートガラスだったが、内側には、強化ガラスとポリカーボネイト樹脂をサンドイッチにした防犯用の合せガラスが嵌まっている。たとえ金属バットで力いっぱい殴りつけたとしても、打ち破るのは困難なはずだ。

もっと早く、窓を開けることを考えていればよかったと思う。後悔先に立たずだった。もっとも、かりにそれを思いついていたとしても、窓を開けると自分も凍えてしまうから、簡単には決断できなかっただろうが。

待てよ、と思う。

地下室へ行って、ボイラーのスイッチを切ればいいのではないか。それならば、適度に山荘全体の温度を下げられる。人間が凍えるほどではないが、スズメバチは活発な動きができなくなる程度の室温にしてやればいいのだ。

問題は、スズメバチが、換気孔を通じて、すでに地下室に侵入しているのではないかということだった。いや、それどころか、もしかしたら、やつらの巣は地下室にあるのかもしれない。

だが、すぐに、それは考えにくいことがわかる。この山荘の地下室には空堀《ドライエリア》に面して換気扇を設置した複数の窓がある。地下は、ただでさえ湿気がこもりやすいが、地下水が豊富な八ヶ岳南麓《なんろく》ならなおさらのことだろう。常時、換気扇で湿気を排出し、外気を取り入れる必要があるのだ。

だとすると、地下室は、山荘の他の部屋を結ぶ換気孔とつながっていない可能性が高い。つなげるメリットがないからだ。他の部屋からすると、わざわざ地下から湿気を上げるようなものだし、地下室からしても、新鮮な空気ならドライエリアから充分得られる。

俺は腕組みをした。もし、想像した通りなら、最悪の場合は、地下室に籠城《ろうじょう》するという手もあるかもしれない。地下室には缶詰などの食料と大量のワインがあるから、かなりの長期にわたって持ちこたえることができるだろう。

少々もったいないが、ヴィンテージ・ワインを材料にして、新たな甘い罠《ハニー・トラップ》を作ることも可能だし。

考えれば考えるほど、地下室は魅力的な場所に思えてきた。

しかし、同時にかすかな不安も感じていた。理由はわからないのだが、地下室のドアを見ると、名状しがたい不快な感覚に襲われるのだ。

逡巡《しゅんじゅん》していると、一匹のハチが俺の横をかすめるようにキッチンの方へ飛んで行った。お目当ては、最初に置いたトラップらしい。

これ以上、ここでぐずぐずしているわけにはいかない。俺は、地下室へ続くドアの前に急いだ。地下のワインセラーには貴重なヴィンテージ・ワインのコレクションがあるため、扉には頑丈な掛け金が取り付けてある。だが、なぜか南京錠は開いており、ツルを引っかけてあるだけだった。

背後から羽音が迫ってきた。俺は南京錠を投げ捨てて掛け金を外すと、ドアを開けた。一匹のハチが、たちの悪い酔っ払いのように、こちらに向かってふらふらと飛んでくる。

しかし、間一髪で、中に入り、扉を閉めることができた。

7

手探りで、電灯のスイッチを入れる。階段の天井に沿って斜めに並んでいる蛍光灯が、青白い光で周囲を照らし出す。急勾配《こうばい》のステップには滑り止めのマットが貼られていたが、なぜか不安を感じたため、一段一段、慎重にそっと足を載せながら下りていった。

結果的に、その用心が命を救ってくれた。最初の数段のマットはしっかりと接着されていたが、階段の真ん中付近に来たときに、突然、摩擦力を失ったのだ。

俺は、とっさに手摺《てす》りにしがみつき、滑り落ちるのを食い止めた。注意していなければ、そのまま階段の下まで転落していただろう。

滑ったマットをめくってみると、接着面の透明シートが剝《は》がされないままになっていた。その下には、ご丁寧に、透明なビニールのシートが何枚も挟み込まれている。どうやら、ステップの奥行きに合わせて切ったクリアファイルらしい。

まさか、こんなところにまで罠が仕掛けてあったとは。犯人の悪意の底知れぬ執拗《しつよう》さには、心底慄然《りつぜん》とさせられた。

ここは、思案のしどころだった。俺が地下室に向かうことまで読まれていたとすると、このまま地下に下りていくのは、危険かもしれない。

しかし、このまま広間に戻ったとしても展望は開けない。迷ったものの、結局、初志を貫徹して下りることにした。最初の罠が不発に終わったら、用心している相手が次の罠にかかる可能性は低い。だとすれば、同じ場所にいくつも罠を仕掛けることはないだろう。夢子たちも、そう考えたはずだと思いたかった。

それに、今になって空腹を感じ始めていた。キッチンにいたときは、気持ちにゆとりがなかったため、何か食べておくという発想が生まれなかったのが悔やまれる。できれば、缶詰を二、三個、調達しておきたい。それと、もちろん、ワインを一瓶。

滑るマットは、とりあえず元通りの位置に戻しておいた。手摺りをつかんで、マットのない部分を踏みながら、そろそろと階段を下りる。

地下に着くと、電灯のスイッチを入れたが、今度は灯りは点《つ》かなかった。故障なのか。あるいは、これもまた夢子の仕業なのかもしれない。ドライエリアに面している窓からは光が差し込むはずだが、なぜか地下室全体が暗幕で包まれたように真っ暗だった。

バックパックから懐中電灯を出して、奥の方を照らしてみる。

ボイラーの低周波音は左手から聞こえてくる。それに混じって、何か別の音が聞こえたような気がした。しばらく耳を澄ませてみたが、それっきり不審な音は聞こえなかった。

セントラルヒーティング用のボイラーは、石油を燃やして温めた水を各部屋にあるラジエーターに循環させているが、稼働している間は、当然、ボイラー室の温度も上昇する。そのため、暖まってしまっては困るワインセラーと食料品庫は、ボイラー室とは逆方向、右手のずっと奥に設置される。

空腹も耐えがたかったが、まずはワインだ。芳醇《ほうじゅん》な液体を一口飲めば、気持ちが落ち着くはずだった。俺は、ワインセラーの方へと向かった。木製の扉を開けると、中はひんやりとしている。できれば数本は持ち出したい気分だったが、とりあえず、一本だけ選んで小脇に抱える。シャトー・マルゴー2004年。ワインの女王の名に恥じない逸品であり、こんな際でもなければ、まず飲む機会はない。

ワインセラーを出ると、ボイラー室の方へ行く。ハチの活動を抑えるには、とにかく、セントラルヒーティングを止めなければならない。進むにつれ、しだいに周りが暗くなり、ボイラーの発する低周波音が強くなった。

それに混じって、また、何かが聞こえた。かすかなクリック音のような……。

俺は、懐中電灯で正面を照らした。

丸い光の中に、円筒形をした大型石油ボイラーの姿が浮かび上がった。相当な年代物でドイツ語らしいロゴが付いている。そういえば、ドイツの家庭では、地下室にボイラーを設置するのが一般的だと聞いたことがあった。

ふと、床に何かが置いてあるのに気づいて、懐中電灯の光を当ててみた。小さな物体が何個も並んでいる。缶詰のようだ。さらに光を収束させて、それがスパム缶であることに気づく。缶は開けられているが、中身はまだ残っているようだ。

耳元で、カチカチという音が聞こえた。

懐中電灯の光の輪を拡げると、一瞬、飛翔体《ひしょうたい》が視界を横切った。

驚愕《きょうがく》と戦慄《せんりつ》に、全身が凍りつく。

ここは、スズメバチの巣窟《そうくつ》だ……。

しかも、今見えたサイズは、とてもキイロスズメバチのものとは思えない。

カチカチという音が響く。スズメバチが大顎《あご》を噛《か》み鳴らし、侵入者を威嚇しているのだ。

俺は、懐中電灯の光を消して、ゆっくりと後退を開始する。ハチを刺激しないように、急激な動作は避けるんだ。とにかく、一秒でも早く、ここから脱出しなければならない。

全身の毛が逆立ち、筋肉が固く強張《こわば》っていた。心臓は狂ったように拍動し続けるものの、手足は死人のように冷たくなっていた。

いつ刺されてもおかしくない恐怖の時間が続く。俺は、輪舞する死神の間を縫いながら、そろそろと後退していった。

俺は植物だから。な？ ただの無害なスモモの木だ。おまえたちの敵じゃない。だから、もうちょっとだけ、攻撃を思いとどまってくれ。すぐにいなくなる。そうしたら、二度とおまえたちを煩わせたりしない。約束する。約束するから、あとほんの、もうしばらくの間だけ……。

周囲がうっすらと明るくなってきた。階段の下に近づいたのだ。

もう少し。もう少しだ……。

俺は、額に脂汗を滲《にじ》ませながら、左手に懐中電灯とワインを抱えたまま、右手で手摺りを握りしめた。横向きになって、抜き足差し足でステップを上る。

中程まで上ったところで、階段の下にスズメバチが姿を現わした。

オオスズメバチだ。その巨大さに、気分が悪くなる。体長は四センチはあるだろうか。迫力からして、キイロスズメバチなど比較にならない。

オオスズメバチは、暗闇から急に明るい場所に出て、戸惑っているようだった。さらに、後ろから数匹がやってくる。威圧的な羽音に身が竦《すく》んだ。さっきは、ボイラーの出す音で、これが聞こえなかったのだろう。

突然、足下が滑りかけて、ひやりとする。さっき足を取られかけた罠《わな》だった。とっさに両手で手摺りをつかんだが、左の小脇に抱えていたシャトー・マルゴーが、するりと滑り落ちて、階段に当たって粉々に砕け散った。

甲高い音とワインの臭いが、オオスズメバチたちを興奮させたようだった。階段の下に、さらにたくさんのハチが現れ、うち数匹が、挑むような超低速でこちらに上ってきた。

だめだ、逃げ切れない。俺は、切り札であるハイパースズメバチブラストを構えると、先頭の一匹に向かって発射する。

強力な薬液の霧は数メートルも伸びて、先頭にいるオオスズメバチを真正面から捉《とら》えた。巨大なハチはなすすべもなく落下する。想像以上のハイパースズメバチブラストの威力に、俺は驚喜した。これなら戦える。オオスズメバチも怖くない。

さらに、後ろにいる数匹も狙う。思わぬ反撃に驚いたのか、残りのオオスズメバチは、いったん引き返した。

だが、それで弾切れだった。頼みの切り札、ハイパースズメバチブラストは空になってしまった。

そのとき、地下から怒りの羽音が轟《とどろ》いた。まるで復讐《ふくしゅう》を誓う巨大な獣の咆哮《ほうこう》のようだ。

あとほんの数秒で、オオスズメバチの大群が襲いかかって来ると、俺は覚悟した。他のスズメバチでは、巣には出入り口が一ヵ所しかないが、オオスズメバチの巣は底が抜けているため、すべての戦闘員がいっせいに飛び立ち、敵に襲いかかることができるのだ。

俺は、瘧《おこり》のように震える手で、バックパックからハエ・蚊用の殺虫剤を引っ張り出す。こちらは、内容量こそたっぷり残っているが、力不足は否めなかった。それでも、何とか、オオスズメバチを足止めしてくれれば。

祈るような気持ちで、階段の下に向かって、たっぷりと噴射する。ハイパースズメバチブラストとは違い、ふんわりと広がった殺虫剤の霧は見るからに頼りなかった。やはり、これでは、オオスズメバチの接近は阻めないだろう。

こうなったら、あれをやるしかない。映画にはしばしば登場するが、本当にできるのかどうかは神のみぞ知る技を。左手で、あわただしくバックパックを探る。

凶暴な羽音が響いてきた。真珠湾《しんじゅわん》攻撃に向かう零戦《ゼロ》の編隊もかくやという迫力だった。階段の真下に十数匹の巨大なオオスズメバチが姿を現わすと、殺虫剤の霧など存在しないかのように、まっしぐらに上昇してくる。

かつて、これほどの恐怖を感じたことはなかった。

先頭のハチがぐんぐん近づき、凶悪な顔貌《がんぼう》がはっきりとわかった。頭部はオレンジ色のヘルメット、吊《つ》り上がった眼球は異星からやって来た怪物《クリーチャー》のような。

あった！　そのとき、左手が目指す物を探り当てた。俺は、チャッカマンをつかんで、スプレーの前方にかざすと同時に点火する。

再び、殺虫剤を噴射した。

即席の火炎放射器の威力は、予想以上だった。最初に噴霧して宙を漂っていた殺虫剤の霧も燃え上がったため、地下へ続く階段全体が眩《まばゆ》い炎に包まれる。

炎が消えたとき、オオスズメバチの群は影も形もなかった。色彩の残像が宙を泳ぎ、目がちかちかする。首尾よくやつらを焼き殺すことができたのか。それとも、ほとんどは逃げ去っただけなのだろうか。

念のため、もう一度だけ炎を噴射しておく。あまり調子に乗っていると、炎がスプレーに引火して自爆するかもしれないが、その危険性には目をつぶる。

炎の柱は、射程も迫力も一度目には遠く及ばなかった。それでも、威嚇には充分なはずだと信じたかったが。

そのとき、滑り止めマットや壁紙の一部に火が移って、燃え始めているのに気がついた。いかん。すぐに火を消さなければ。

俺は、キッチンにあった小型消火器を取り出して、数回にわたって噴射した。階段は、もうもうとした真っ白な煙に包まれる。この間、反攻しようとしたスズメバチがいたとしても、吹き飛ばされてしまったに違いない。

もしかしたら、最初から、こちらを使った方が賢かったかもしれない。

咳《せ》き込みながら階段を上がり、ドアを開けた。消火剤の煙とともに広間にまろび出る。

背後から、あの威圧的な羽音が聞こえた。俺は、ドアを閉じようとした手を引っ込めて、床に身を投げ出した。

煙の中から、一匹のオオスズメバチが現れ、悠然と頭上を通過していった。

信じられない思いだった。炎の噴射も、大量の消火剤も、オオスズメバチを足止めすることができたのは、ほんの一瞬でしかなかったのだ。

続いて、二匹目、三匹目が現れたが、床に這《は》いつくばっている俺には目もくれずに通り過ぎる。

たった三匹のオオスズメバチの登場は、魔法のような効果をもたらした。たった今まで我が物顔に暴れ回っていたキイロスズメバチの群が、潮が引くように消えてしまったのである。

逃げ出すなら今だ。俺は、立ち上がって広間を走り抜けると、玄関ドアの錠を開けて、外へ飛び出した。

数歩前に出ると、雪の中に膝《ひざ》を突き、凍えるような空気を肺いっぱいに吸い込んだ。震える手で落ちた眼鏡を拾い上げ、かけ直す。臆病《おくびょう》な小動物のように、きょときょと周囲を見渡した。

助かった……。九死に一生を得たとは、このことだろう。この外気温では、さすがに、ハチが外に出てくる気づかいはない。

だが、同時にそれは、俺自身も、長くは外には留《とど》まれないということを意味していた。

薄手のセーターとチノパンでは、身体から失われる熱を押しとどめることはできない。しかも、素足である。頭を包んでいたタオルも、いつのまにかなくなっていた。

どこかへ避難しなくては、ここで凍死してしまう。

昨晩からの雪は、アイスバーンのように固くなり、その上に新しい雪が積もっていた。俺は、爪先立《つまさき》って、小刻みに震えながら山荘を見やった。防犯用合せガラスの入った窓は、容易なことでは破れないだろう。勝手口は施錠されている。もう一度中に入るとしたら、今出てきた玄関からしかないが、ドアを開けたとたん、興奮して敵の姿を探し求めているオオスズメバチに直面することになる。

いっそのこと山荘を炎上させてやりたいという強い衝動に駆られた。

さっきの騒ぎの中でも、バックパックはなくさず持ってきていたので、チャッカマンとマッチならある。いくら人里離れた場所でも、これくらい大きな建物が火事になったら、通報がなくても消防車が来るはずだ。巨大なキャンプ・ファイヤーのようなものだから、しばらくは暖も取れるだろう。

だが、周囲には木々や藪《やぶ》も生い茂っている。こちらは素足だし、これだけ積雪があると移動も思うにまかせない。燃え広がって山火事になったら、逃げ切れなくなって焼死する可能性もある。

だとすれば、ガレージだ。山荘の横には、車が雪で埋まってしまわないよう、車四台が余裕で入るガレージ小屋があるのだ。

山荘自体に比べれば安普請だから、あそこなら、窓を破れば侵入できるはずだ。うまくいけば、暖も取れるかもしれない。

俺は、すでに凍傷になりかけているのか、感覚のなくなった足で雪を踏みしめながら、ガレージに向かった。

予想通り正面のシャッターは閉ざされており、鍵《かぎ》がかかっている。

その向こうには半分雪で埋もれかけた車が止まっていたが、キーは抜き取られており、役には立たない。

手前には、こんもりと盛り上がった雪の塚があった。

俺は、身震いすると、塚から視線をそらし、ガレージの側面に回った。こちらのドアもしっかりと施錠されていたが、窓の方は、山荘の防犯合せガラスとは違い、ただの網入りガラスだった。この網は火事の際にガラスの飛散を防ぐためのもので、防犯性能は皆無に近い。俺は、バックパックから消火器を出すと、派手な音を立てて打ち破った。

クレセント錠を外して窓を開けると、中にバックパックを投げ入れてから、ずるずると這い込む。ガラスの破片で手を切らないように気をつけながら、両手を伸ばして床に付け、無様に倒れ込んだ。

8

ガレージの中は、製氷室のような温度だった。窓を壊してしまったため、外から冷たい風が吹き込んでくるが、今さら気にならないほどである。

予想に反して、レンジローバーはそのままだった。

だとすると、夢子は自分の車であるポルシェ911に乗って行ったのだろう。一縷《いちる》の望みを込めてレンジローバーの運転席を見てみたが、やはり、キーはなかった。古き良き時代の犯罪小説なら、配線を直結して簡単にエンジンを始動できるのだが、イモビライザー付きではどうしようもない。

同様に、ガソリンタンクを開けて、ガソリンを取り出す手立てもなかった。

やむをえず、運転席に座って、死体のような足をさすった。この上、凍傷になったら、いよいよ生き残れる確率はゼロに近づく。ある程度まで足の感覚が戻るのを待ってから、ガレージのワイヤーシェルフを調べてみたが、期待した暖房器具の類《たぐい》はなかった。

しかし、床の上に落ちている物体を発見したとき、心拍数が一気に跳ね上がった。

まさか。しかし、これは、どう見てもそうとしか。

震える手で拾い上げる。やはり、そうだ。

黄色いキャップの付いた透明な筒の中に、エピペン本体があることを確認する。

なぜ、こんなところに落ちていたのだろうか。ハチ毒にアレルギーがあるのは俺だけである。ほかにエピペンを携帯していた人間はいないはずだ。

夢子が、悪意からエピペンを持ち去ろうとしていたとも考えられるが、それにしては、不注意に過ぎる。

やはり、俺が落としたということか。だとすると、山荘にやって来たときなのか。

いずれにせよ、それは、まぎれもない、本物のエピペンだった。

これで、最悪、スズメバチに刺されたとしても、しばらくは延命できる。

すっかり気をよくして、灯油の缶や非常用のガソリンの缶を調べてみたが、幸運はそう続かず、どれも空だった。

それでも、一斗缶——四角いブリキの箱が見つかったのは収穫だった。元々何が入っていたのかはわからないが、小さな焚《た》き火をするには最適な容器である。

肝心の燃料がほとんどないが、キッチンから持ってきた紙ナプキンやペーパータオルと、車の掃除に使っていたボロ布を一斗缶に入れると、上から食用油をたっぷり振りかけて、チャッカマンで点火した。

紙ナプキンとペーパータオルに続き、油の沁《し》みたボロ布からも青白い炎が上がる。

焚き火に両手をかざしていると、血管の中で静かに血が巡り始めたようだった。次に、丸椅子に座って両方の足裏を熱気にかざし、念入りに炙《あぶ》った。ちくちくとむず痒《がゆ》い感触とともに、感覚が戻ってきた。どうやら、何とか凍傷は免れたらしい。

ここで、このまま助けを待つべきだろうか。それが一番安全な道であるような気がする。山荘の中では、二種類のスズメバチが跳梁跋扈《ちょうりょうばっこ》している。どこか一カ所でも刺されれば、それで一巻の終わりかもしれない。ここにいる限り、スズメバチに刺される心配はない。武松が来るまで、何とか持ちこたえることさえできれば……。

しかし、それはただの夢想——現実逃避でしかないことはわかっていた。この焚き火は、たぶん、ものの数分しか保《も》たないはずだ。その後は、再び、寒冷地獄に襲われるだろう。武松がやって来るという保証だって、どこにもないのだ。

だったら、このまま逃げるか？　人家まではかなり距離があるとはいえ、ここは日本だ。山の上ならともかく、八ヶ岳の南麓《なんろく》で遭難したという話は聞いたことがない。強引にでも踏破してしまえば、それで助かるのだ。

しかし、それには、いくつか難点があった。

第一に、こんな薄着のままでは、たちまち身体が冷え切ってしまうだろう。それ以上に、まともな履き物もなしに雪の中を歩くことなど、できようはずもない。

それに加えて、最近は、運動不足のせいか、ひどく足腰が弱っているのを自覚している。山荘の階段を上がるだけでも、息が切れるほどだった。今、とても過酷な雪中行軍をする自信はなかった。

雪ですっかり覆われているが、道路沿いに歩いていれば、途中で車が来るかもしれない。しかし、吹雪は再び強まりつつあるようだ。車が通るかどうかは賭《か》けのようなものである。ドライバーが俺の姿を見たとしても、必ず助けてくれるという保証はないし……。

「ちくしょう！」

俺は、大声で叫んだ。

生き残りたければ、戦うしかないということなのか。

いや、ちょっと待て。それこそが、安斎智哉作品における永遠のテーマではないか。

人生とは、戦いの連続である。戦いを諦《あきら》めた者は、ただ死を待つしかないのだ。

ちっぽけなハチに怯《おび》えて、尻尾《しっぽ》を巻いて逃げ出したり、雪の中で震えながら助けを待ち、あげくの果ては凍死するというのは、およそ考え得る中で最低の結末だろう。

俺の人生の締めくくりが、そんなものであっていいわけがない。

それに、ここは俺の山荘なのだ。ようやく、俺のものになったのだから。俺は、絶対に逃げたりしない。あんな下等な毒虫どもに、怯えてたまるか。

「一匹残らず、駆除してやる」

俺は、半ば自分を鼓舞するように、つぶやいていた。

本来、怒りの矛先を向けるべきなのは、悪意に満ちた罠《わな》を仕掛けた夢子と、（たぶん）三沢である。だが、やつらの道具であるスズメバチどもも生かしておくつもりはなかった。あえなく全滅したスズメバチの死骸《しがい》を、夢子たちに見せつけてやれたら、さぞかし気分がいいに違いない。

そのときになって、ようやく、はっと気がついた。夢子たちは、必ずここに戻ってくるということに。

もし、俺の死を事故に見せかけるつもりなら、現場に不都合なものが残されていないかチェックする必要がある。たとえば、俺が犯人を名指しする告発状を書いている可能性もあるし、それ以外の、事故ではなく殺人を示唆する証拠も……。

いや、待てよ。それだけでは、とても完全犯罪にはならない。俺は、考え込んだ。

そもそも、十一月という時期に、こんなに標高の高い場所でスズメバチが活動していたということ自体が、不自然きわまりないのだ。そのへんを、どうやって説明し、ごまかすつもりなのか。

……まあ、いい。それよりも先決なのは、山荘にいる二種類のスズメバチをどうやって退治するかだ。

俺は、ガレージの中で見つかった物品を、次々と床にぶちまけていった。

ワイヤーシェルフの上に並んでいたり、箱に入ったりしていたときには、それほどの分量には見えなかったのだが、こうして雑然と広げると、車が二台入るガレージの床が埋まってしまいそうだった。

見つけた瞬間に飛びついたのは、古いスキーウェアだった。アイボリーのジャケットは、ダウン入りなので防寒性能は充分だろう。スキーパンツは、たいして厚手ではなかったが、ゆったりとしたタイプである。戦うにせよ、逃げるにせよ、今、最も必要なアイテムだと言っても過言ではないだろう。

プラスチックのスキーブーツも、死ぬほど歩きにくいのを我慢すれば、たぶん理想的な履き物に違いない。寒さだけでなく、スズメバチの針からも、足を完璧《かんぺき》に保護してくれるのだから。

その次の収穫は、バイクのヘルメットだった。

サスペンス作家としてのイメージ作りのため、俺は、一時期、大型バイクを乗り回していたことがあった。愛車のドゥカティにまたがって小説誌のグラビアを飾ったときには、（ネットの一部では酷評されていたが）それなりに格好よく見えたものである。

だが、今あらためて考えると、生身の身体を剝《む》き出しにして四輪車より速いスピードで走行すること自体が、正気の沙汰《さた》ではない。衝突したときには、肉体をクッションにしてエンジンを守っているようなものではないか。

それでも、せめて風を切って走る爽快《そうかい》感を味わえればいいが、冬は身を切るような風に震え上がり、夏は地獄の直射日光で汗みずくになるのがオチだろう。そんなものに乗って喜んでいるのは、マゾヒストとしか思えなかった。

ドゥカティは、すでに姿を消していたが、ヘルメットが残されていたのは幸運だった。

スキーウェアとヘルメットを眺めるうちに、心中でふつふつと煮えたぎるものがあった。

これで、必要な防備――鎧《よろい》と甲《かぶと》は手に入ったのだ。

これなら、あの邪悪な虫けらどもを一掃できるかもしれない。

フルフェイスのヘルメットは、シールドを下ろすと顔面と頭部は完全にカバーできる。問題は首元だったが、マフラーやガムテープで塞《ふさ》げば、ハチの侵入は防げるだろう。

梱包《こんぽう》用のエアキャップも使えそうだ。山荘に引っ越してきたときに使っていたものが、捨てられずに残っていたのだ。

次は、敵を攻撃する武器――槍《やり》や刀を見つけなければならない。その気になって探すと、続々と役に立ちそうな物品が見つかった。

まずは、古いバドミントンのラケットである。もう何年も使っていないようだったが、ガットはしっかりしているし、カーボン・フレームの高級品なので、振ってみると非常に軽い。スズメバチを叩《たた》き落とすには理想的な武器だろう。

それから、万能ハサミと、コールタールの缶、新品の刷毛《はけ》を発見した。缶の蓋《ふた》を開けてみると、中身は手つかずのままだった。木材の防蝕《ぼうしょく》用か、家庭菜園をヨトウムシから守るためだったのか。いずれにしても、スズメバチの戦力を削《そ》ぐには有効なアイテムである。

登山用の古いリュックサックは、必要な物品を持ち運ぶために欲しいと思っていたものだった。物置から持ってきたバックパックは、すでに満杯になっていたからだ。

古いセルロイドの人形も数体あった。夢子が、絵のモデルにしようと思って、どこかのガレージセールで買ってきたものだろうか。顔つきがやや不気味なので、愛想を尽かしたものと想像できる。捨てるに捨てられなくなって、ここに押し込んだのかもしれない。

『スズメバチ・ハンドブック』の記述が正しければ、これは使える。

身長が五十センチほどのテディベアにも、セルロイドの人形とは別の利用価値があった。

頭の中で、逆襲の計画が、しだいに明瞭《めいりょう》な形を取っていく。

はっとひらめく。二階の物置にあった古いラジオとロボット掃除機だ。もしかしたら、テディベアとの相性がぴったりかもしれない。うまくいかなかったとしても、失うものはないのだ。ダメ元で、やってみる価値はあるだろう。

捨てがたかったのは、落ち葉や水も吸引できる屋外用の掃除機だった。これがあれば、近づいてくるハチは、片っ端から吸い込むことができるからだ。だが、あまりにも重く、かさばりすぎるため、持っていくのは断念するしかなかった。

これで必要なアイテムは揃った。次は準備だ。俺は、万能ハサミでセルロイドの人形を短冊状に切る単調な作業に精を出した。それも完了すると、いよいよ、本格的に戦支度を調える。

白いウールのセーターの上から、梱包用のエアキャップを巻いて、ガムテープで留めた。その上にスキーウェアのジャケットを着る。俗にプチプチと呼ばれているエアキャップは、保温にも効果があるが、俺の狙いは、ジャケットから肌までの間隔をあけることだった。スズメバチの針は革ジャンやジーンズをも簡単に貫き通す鋭さを持つが、針の長さ以上の距離をあけておけば刺されずにすむはずだ。

チノパンツの上にもエアキャップを巻き、上からゆったりしたスキーパンツを穿《は》いた。さらに、寒さで固くなっているスキーブーツに苦労して足を押し込む。

それから、フルフェイスのヘルメットを被《かぶ》ると、首回りをエアキャップとガムテープで念入りに補強した。

最後に、スキー用の革手袋を嵌《は》める。おそらく、ここが最大の弱点だろう。革一枚では、オオスズメバチどころか、キイロスズメバチの針さえ貫通を防げないはずだ。

手袋の中にエアキャップを挟むのは困難なので、外側に巻くことにした。あまり分厚く巻き付けてしまうと、手が使いづらくなるので、加減が難しかった。何度かやり直して、ようやく、まあまあと思える感じになった。

いずれにしても、手が弱点であることは常に意識して、スズメバチに止まらせないよう注意しなければならない。

よし。今度こそ、反撃開始だ。

俺は、バックパックとリュックサックを背負って、よたよたとガレージを出た。

もし、誰かが見ていたら、さぞかし異様な出《い》で立ちに映ったことだろう。

フルフェイスのヘルメットの首筋の部分と手首から先は、エアキャップでぐるぐる巻きになっている。しかも、ジャケットとパンツは、ぱんぱんに膨らんでいるのだ。その上、スキーブーツを履いているため、歩き方はロボットのようにぎくしゃくとしている。

だが、完全武装のお陰で、ほとんど寒さを感じない上に、刺されたら死ぬという恐怖もどこかに消し飛んでしまった。今では、俺を突き動かしているのはスズメバチへの怒りと、何としても報復したいという欲求だけだった。

俺は、風車へと突撃するドン・キホーテ・デ・ラマンチャさながらの、使命感と勇気に満ちあふれていた。こういう心理状態は、パニックに駆られて逃げ回っているときよりも、はるかに危険なのかもしれない。そのことは、うすうす自覚してはいたのだが。

9

スズメバチの巣の駆除は、ふつうは夜間に行う。働きバチの動きが不活発になるため、刺されるリスクが低くなるからだ。だが、今は夜を待っている暇はなかった。それまでに凍えてしまうだろうし、夢子と三沢が戻ってきた場合は、スズメバチとの戦いに特化した完全武装がハンディになってしまう。馬鹿みたいに着ぶくれて、よちよちとしか歩けない状態では、逃げることも応戦することもできないだろう。できるだけ短時間のうちに、スズメバチの駆除か封じ込めを完了しなくてはならない。

俺は、山荘の正面玄関のドアを開けた。

スズメバチが飛び出してくるかと思って身構えていたが、取り越し苦労だったようだ。中に入る前に、屋内に冷気を入れ、スズメバチが活発に活動できないようにする。

三分ほど待ってから屋内に足を踏み入れ、ドアを閉めた。どうやら冷気を嫌ったらしく、スズメバチの姿はどこにも見えない。

俺は、スキーブーツを履いているため後ろにそっくり返った姿勢で、どすどすと足音を立てながら、キッチンへ向かった。

まずは、煙攻めのための容器が必要だったので、大型の笛吹きケトルを選ぶ。それから、ゴミ袋に食用油のボトル、薫製用のスモークチップ、ペーパータオル、布製のテーブルクロス、ナプキン、コーヒー豆、マッチなどを放り込み、フランケンシュタインの怪物のように重々しい足取りで広間へと戻った。

手袋を脱いでから、暖炉の中にペーパータオルを入れて、チャッカマンで火をつける。炎の勢いが強くなると、食用油をたっぷりかけたナプキンやテーブルクロスをくべてやる。もともと暖炉の中にあった薪が燃え始めると、広間の温度は急速に上昇したようだった。

笛吹きケトルの中には、セルロイドの短冊を放り込む。万能ハサミで切断したフランス人形のなれの果てである。その上に、桜のスモークチップとコーヒー豆を、たっぷりと投入する。

それから、炎に手をかざして、しばらく暖を取っていると、また、あの耳障りな羽音が聞こえてきた。

振り返って、二匹のオオスズメバチの姿を確認する。燃えている薪の上にケトルを置き、すばやく手袋を嵌めた。

オオスズメバチが、威嚇するように接近してきても、前回ほどの恐怖は感じなかった。オオスズメバチの針は、長さ五ミリ～一センチに達するが、ここまで念入りに全身を防護してあったら、ほとんど刺される余地はないはずだ。

オオスズメバチの方も、どことなく戸惑っているように見える。二匹が左右に分かれ、こちらの出方を窺《うかが》っているようだ。

そのとき、かすかに笛吹きケトルが鳴った。注ぎ口と蓋《ふた》の周囲から、みるみる白い煙が吹き出してくる。

二匹のオオスズメバチは、驚いたように後退した。

煙は、またたく間に広間中に広がっていく。喉元《のどもと》を覆うガムテープに開けた息抜き用のピンホールから、刺激臭が鼻を突いた。

『スズメバチ・ハンドブック』によれば、セルロイドを燃やした煙には、スズメバチを麻《ま》痺《ひ》させる効能があるらしい。スモークチップとコーヒー豆を加えたのは、煙の量を増やすためだった。

二匹のオオスズメバチは、あっという間に姿を消した。俺は、セルロイドの煙が奥まで届くように地下室のドアを開け放った。さすがに、このくらいで全滅してくれるとは思えなかったが、多少のダメージは与えられるかもしれない。

こうなってみると、早い段階でバリサンを使ってしまったことが悔やまれた。今ここにバリサンがあったら、煙を出して地下室に放り込み、ドアを閉めるだけで、最大の脅威であるオオスズメバチを一掃できたかもしれないのだから。

だが、あのときはあのときで、バリサンを使う必要があったのだ。そう考えて、自分を納得させるしかなかった。今は、過ぎたことを後悔している暇はない。

バックパックは広間に置き、大荷物を背負って、二階へと向かった。オオスズメバチを煙攻めにしている間に、キイロスズメバチを封じ込めてしまうつもりだった。

キイロスズメバチの巣がどこにあるのかという疑問は、ずっと頭の片隅に引っかかっていた。しかし、冷静に考えれば、可能性のある場所は一カ所しかない。

それは、屋根裏部屋である。

地下室にはオオスズメバチの巣があるのだから、近くにキイロスズメバチの巣を置いておくことはできない。オオスズメバチは、他種のスズメバチすべての天敵でもあるため、キイロスズメバチは、すぐに全滅させられてしまうからだ。一階や二階の部屋にあれば、俺に気づかれる可能性が高い。必然的に、残るは屋根裏部屋だけということになる。

それに、屋根裏部屋は、天井の扉を閉めれば、簡単に封鎖できるというメリットがある。夢子は、ぎりぎりまでキイロスズメバチを外に出さないようにしておき、荘を出る直前に、屋根裏部屋へ通じる扉を開け放ったに違いない。

だとすれば、もう一度、それを閉じさえすれば、キイロスズメバチは完全に封じ込められることになる。

二階の物置の扉を開けて、非常用のラジオとロボット掃除機、それに脚立を取り出した。ラジオには新しい単四の乾電池を入れる。

これで、必要なアイテムは、すべて揃った。いよいよ、出撃である。

リュックサックの方だけを背負うと、できるだけ足音を立てないように気を配りながら、廊下の一番奥にある部屋に向かった。まだチェックしていないのは、この部屋だけだった。

ドアに耳を当てて中の音を聴きたかったが、フルフェイスのヘルメットが邪魔だった。それでも、耳を澄ませていると、かすかにハチの羽音が聞こえた。それも数匹で、はない。大群の立てる音である。

おそらく、この部屋の天井に、屋根裏への扉があるのだろう。

俺は、苦労して運んできた物品を部屋の前に並べると、最後の準備に取りかかった。

まずは、ロボット掃除機の上に、ビニール紐《ひも》とビニールテープを使って、テディベアを固定する。テディベア自体の重さはたいしたことがないので、ロボット掃除機は支障なく動き回れるはずだ。

次に、リュックサックからコールタールの缶と刷毛《はけ》を取り出すと、テディベアの上に、コールタールを塗りたくった。薄茶色のテディベアは、あっという間に黒光りする異様な姿になった。真夏のアスファルトの路面を思わせる独特の臭気が漂う。色といい、臭いといい、キイロスズメバチには充分すぎるほどの刺激になるだろう。

今度は、ラジオをつけると、音量を最小にして選局した。クラシックやポップスでは、効果が薄いような気がする。もっとノイジーで神経を逆なでするような曲を探していると、スラッシュメタルの特集をしている奇特なFM局が見つかった。

よし。これで、戦闘準備は完了だ。俺は、バドミントンのラケットを右手に握りしめ、二、三度、素振りをくれた。ぴゅう、と風を切る音がする。

ドアノブに左手をかけて、開けようとした。

だが、どうしたことか、身体が硬直したように動かない。

足下から、どうしようもないくらいの震えが這《は》い上ってくる。

愕然《がくぜん》とした。俺は、怯《おび》えているのだろうか。

さっきまでは、ようやく反撃の機会が訪れたことで、意気軒昂《けんこう》だったはずだ。しかし、いざスズメバチの大群の中に飛び込む段となってから、恐怖心が戻ってきたのだ。

たった一度、どこか一ヵ所でも刺されたら、それで人生が終わるかもしれない。

深呼吸して、何とか気息を整えようとする。

危険を避けて、生き延びることはできない。

今が、おそらく人生の正念場なのだ。怯《ひる》んだら、負けである。


人生で大切なことは、すべて、国語辞典に書いてある。試しに、「息災」と「即死」を見てみろよ。本当に、すぐ近くにあるのがわかるから。

じゃあ、この二つの言葉の間を隔ててるものは、いったい何だと思う？


再び、天啓のように**『死神の羽音』**の一節がよみがえった。

そのとき、はっと気がついた。

答えは、何も「俗才《ぞくさい》」と「速算《そくさん》」だけとは限らない。今の状況で注目すべきは、むしろ「賊塞《ぞくさい》」と「族殺《ぞくさつ》」の方ではないのか。

「賊塞《ぞくさい》」とは、賊のたてこもる砦《とりで》――スズメバチの巣だ。そして、「族殺《ぞくさつ》」は、読んで字のごとく皆殺しにすることである。

まずは、スズメバチの巣を天井裏と地下室に封じ込め、これ以上出て来られないようにしなければならない。そして、すでに飛び回っているハチは、確実に皆殺しにすること。この二つこそが、「息災」と「即死」を分かつ、最重要な戦略に違いない。

やはり、何としても、この部屋に入って、天井裏へと通じる扉を閉めなければならない。それには、どんなに短くても一、二分は要するだろう。その間頑張りきれるかどうかに、すべてはかかっている。

俺は、大きく息を吸うと、長々と吐き出した。手足に力が戻ってきているのを感じる。

よし、もう、だいじょうぶだ。やるぞ……突入だ。

黒光りしているテディベアの首にかけたラジオの音量を、最大にする。激しい変拍子のドラムとベース音が鳴り響いた。ドア越しに騒音を聞かされ驚いたキイロスズメバチが、臨戦態勢に入っている様子が、目に見えるようだった。文字通り蜂の巣をついたような状態だろう。

ドアを開けると、ロボット掃除機の電源をオンにして、すばやく部屋の中に押しやった。

最初は、すぐに突入する予定にしていたが、直前になって気が変わったため、いったんドアを閉める。

けっして臆病風《おくびょうかぜ》に吹かれたわけではない。少しでもキイロスズメバチの戦力を削って、敵が消耗してから一気に勝負を決める。俺が意図していたのは、そういう高等戦術だった。

ドアの前で待っている間、心臓は狂ったように高鳴り続けていた。

部屋の中では、大音量のロックが鳴り響いていた。そんな状態でも、驚いたことには、ハチの羽音が聞こえる。よほど怒り狂い、猛《たけ》り立っているに違いない。

自分が異常なまでに発汗しているのを感じる。ヘルメットの中の湿度が上がったせいで、眼鏡のレンズが曇った。シールドを上げ、曇りが消えるのを待った。

ロボット掃除機を入れてから、何分くらい経過しただろうか。レンズがすっかり乾いて視界がクリアーになると、シールドを下げ、再び、ドアノブに手をかけた。

思い切って、ドアを開ける。

10

中は、阿鼻叫喚《あびきょうかん》の巷《ちまた》と化していた。興奮したキイロスズメバチが、十畳ほどの部屋中をぶんぶん飛び回っている。その原因は、せっせと床の微細なゴミを吸い取ろうと動き回るロボット掃除機と、その上に傲然《ごうぜん》と立っているテディベアだった。周囲には蚊柱のようにキイロスズメバチが群がっており、たっぷり塗りつけたコールタールには、ぱっと見でも、すでに二十匹以上のスズメバチが貼りついているようだった。

機は熟した。これ以上待っていても、事態は好転しないだろう。

俺は、腹を括《くく》ると、右手にバドミントンのラケット、左手に脚立を持って、部屋の中へ突入した。

なるべくハチを刺激しないように静かに進んだが、すでに戦闘態勢に入っているせいか、たちまち十匹以上のキイロスズメバチが、こちらに向かって突進してくる。

ヘルメットの周囲を飛び回って、スキージャケットの上から攻撃を仕掛けてきたハチは無視したが、数匹が手袋に向かってきたために、俺は狼狽《ろうばい》した。まるで、こちらの弱点を的確に見抜かれているかのような錯覚に陥ったのだ。

だが、すぐにそうではないと気づく。革手袋の臭いだ。古いとはいえ革の発する臭いは、プラスチックや合成繊維と比べて、ハチをより強く惹《ひ》きつけるのだろう。

手に止まろうとしたハチを振り払っても、次から次へと別のハチが押し寄せてきたため、ひやりとした。もし、エアキャップと革手袋の間に潜り込まれたら、キイロスズメバチの針は革を貫いて、皮膚に突き刺さるかもしれない。

ぐずぐずしていれば、命取りになる。

もはや、限界だろう——戦闘開始だ！

脚立を置くと、力いっぱいバドミントンのラケットを振った。

ガットが風を切る鋭い音とともに、二、三匹のキイロスズメバチが、はじけ飛ぶ。

返す刀——バックハンドの一撃で、さらに一匹のキイロスズメバチを屠《ほふ》る。

殺せば殺すほどスズメバチの体液が飛び散り、やつらを興奮させることはわかっていた。だが、これまで一方的に攻撃され、怯え続けていた相手に反撃して、叩《たた》き潰《つぶ》す行為には、圧倒的なまでの快感があった。次々と襲い来るキイロスズメバチに対し、憑《つ》かれたようにラケットを振り続ける。

俺は、いつしかスラッシュメタルのリズムに乗りながら、殺戮《さつりく》に酔っていた。

だが、どんなに手ひどく叩き潰されても、キイロスズメバチは執拗《しつよう》に立ち向かってくる。こいつらは、死を恐れないのだ。我に返ったときには、ラケットをかいくぐった相当数のハチが、スキージャケットに取り付いていた。

反射的に上から叩き潰そうとしかけたが、寸前で思いとどまる。エアキャップの厚みがあるおかげでハチの針は皮膚まで届いていなかったが、下手に上から叩いて圧迫すると、針が刺さってしまうかもしれない。

潰すのではなく、手で払い落とすしかなかった。

だが、背中の方は処置なしである。無数のスズメバチが取り付いているかもしれないと思うと生きた心地がしなかったが、どんなに刺されても、身体までは針が届かないことを信じて、最後まで耐え抜くしかない。

屋根裏部屋に通じる扉に目をやると、想像した通り、開けっ放しになっていた。

脚立を持って、そちらに向かったが、それを阻止しようとするスズメバチは、ますます数が多く攻撃的になった。

ふいに、くしゃみが出た。さっきから、鼻がむず痒《がゆ》く、目がしばしばしていた。喉《のど》には痛みを感じる。

フルフェイスのヘルメットをかすめるように、スズメバチが飛びすぎた。

しまった。冷や汗とともに思い出す。すっかり忘れていた。こいつらは、毒液を空中に噴霧しているのだ。

毒液には警報フェロモンも含まれており、外敵を攻撃するだけでなく、危機的な状況を仲間に伝える機能もあるのだという。

ちくしょう。囮《おとり》として投入したロボット掃除機は、何をやってるんだ？　もうちょっと、こいつらを引き離してくれ。

俺は、続け様にくしゃみをしながら思った。もっとたくさんのハチを引きつけてくれなければ、屋根裏への扉を閉めに行く余裕ができない。

だが、願いとは裏腹に、ラジオの音は、徐々に大きくなってくる。

狼狽して目をやると、ロボット掃除機は、俺が叩き落としたキイロスズメバチの死《し》骸《がい》をきれいに掃除しながら、ゆっくりと、こちらに近づいてくるところだった。

やめろ。来るな。あっちへ行け！

俺は心の中で叫んだが、体中にハチを貼り付けたテディベアは、つぶらな瞳《ひとみ》を輝かせ、忠犬よろしくご主人様の元へ戻ってこようとする。

これまで、スズメバチの攻撃は、テディベアと俺という二つの目標に分散していたが、両者が接近したことで、周りのハチの密度が濃くなってきた。

そのため、手袋に止まって、エアキャップの下に潜り込もうとする無数のスズメバチを払いのけるのに忙しくなり、とうとう、ラケットで敵を叩き落とすことはおろか、脚立を持って進むことさえ、ままならなくなった。

毒液の噴霧も、ますます激しくなってきた。フルフェイスのヘルメットを被《かぶ》り、首筋の隙間はエアキャップとガムテープで塞《ふさ》いでいるにもかかわらず、空気がうっすらと湿って感じられる。

こいつらは、ろくな脳味噌《のうみそ》もない虫けらのくせに、あきらかに顔面を狙ってきている。自然界の悪意のようなものを感じて、ぞっとした。

シールドが濡《ぬ》れて、毒液の滴が垂れているのに気づいた。目が痛くなり、喘息《ぜんそく》のような咳《せき》の発作に襲われる。ヘルメットの頭頂部にある息抜き孔を通し、霧状の毒液が侵入してきているに違いない。

ずっとラケットをフルスイングしていたため、息が切れる。その結果、毒液をますます深く吸い込むことになった。喉の痛みが強くなり、呼吸が困難になる。

スキーブーツを履いた足下がおぼつかなくなり、とうとうバランスを崩して、その場に尻餅《しりもち》をついてしまった。

こちらの苦境を察知したかのように、さらに多くのキイロスズメバチが集まってきた。

息が苦しい……。俺は、手袋の上に群がるハチを払いのけると、最後の力を振り絞ってラケットを振った。

さらに数匹は打ち落としたが、全体の数からすれば焼け石に水である。

なぜ、おまえたちは、死ぬのを恐れないんだ？

俺は、ハチの大群を相手に格闘しながら、つぶやいていた。

どうして、そんなふうに、群のために自分を犠牲にしたりできる？

もちろん、その答えは、わかっていた。

働きバチは、完結した一個体ではない。それ自身が生殖機能を持たないからだ。だから、自らの遺伝子を複製してくれる巣を守るためなら、喜んで自らの身を捧《ささ》げる。

一つのフォーメーションを組んで敵に突撃する働きバチ同士は、まったく同じ遺伝子を持つ複製《コピー》でこそないものの、一心同体であり、分身《ダブル》のようなものである。

だからこそ、同じ必殺の意思を共有し、自らを弾丸にして特攻をかけられるのだろう。

敵の数はほとんど減っていないのに、ガットでハチが捉《とら》えられなくなった。スイングにスピードがなくなり、波を打っているためだろうか。それとも、こちらの攻撃パターンが読まれ始めたのか。

だめだ。この状態では、とても屋根裏への扉を閉めるどころではない。

全身に、無数のキイロスズメバチがたかっており、しきりに針を突き刺そうとしているようだが、まだ皮膚には届いていなかった。しかし、このままでは、いつかはやられる。もはや、それは時間の問題だった。

思わず、咳《せ》き込んだ。

逃げろ。作戦失敗を認めて、今すぐに、ここから出るんだ。このままじゃ、息ができなくなって死ぬぞ。

身を起こそうとすると、さらに多くのキイロスズメバチが、ヘルメットのシールドに、がんがんとぶつかってくる。

ほんのしばらくでいい。方向転換して、こいつらを引きつけてくれれば。

一縷《いちる》の望みを込めてロボット掃除機を見たが、あいかわらず、すぐ近くで、のんびりと掃除を続けている。テディベアの上にびっしり貼りついたハチは、グロテスクなことに、活発に肢《あし》を動かし、翅《はね》を震わせていた。

俺を非難し、糾弾し、断罪する分身《ダブル》たち。

今や、それは、周りの空間を埋め尽くさんばかりに増殖していた。

くそ。またか。

いったい、どこまで俺を苦しめるつもりだ？　俺の不倶戴天《ふぐたいてん》の敵。時間と空間の死角に潜み、本来なら当然俺が得るべき人生の果実を奪い取ってきた、俺の分身《ダブル》。

それは今、無数の忌まわしい虫の形を取って再びこの世に現れ、俺への復讐《ふくしゅう》を果たそうとしていた。

腕に力が入らない。息が切れ、目眩《めまい》がする。よろけて、前のめりに転倒しそうになった。

もう、だめだ……。

四つん這《ば》いになって喘《あえ》ぐ。

やはり、無謀な企てだったのだ。

しかし、いくら後悔しても、もう遅い。目を見開いたまま、死を覚悟する。

そのとき、俺の周囲に群がって、執拗に攻撃していたキイロスズメバチが、いっせいに離れていくのに気がついた。

どうしたのかと訝《いぶか》っている暇はない。この機を逃すな……逃げろ！

床の上を懸命に這《は》いずって、出口へと向かった。

頭の上を、ヘリコプターのように威圧的な羽音が飛びすぎる。

はっとして視線を向けると、三匹のオオスズメバチの姿が見えた。入るときに、ドアを閉める余裕がなかったため、開けっ放しにしていたのだ。

さらに、五匹から十匹くらいのオオスズメバチが現れると、身を挺《てい》して食い止めようとするキイロスズメバチの抵抗線をあっさりと突破して、天井裏へと侵入した。

その間に、匍匐《ほふく》前進しながら、何とか部屋を這い出した。

どうやら、煙攻めの方は不発に終わったらしい。セルロイドやスモークチップなどの煙は、オオスズメバチには、さしたるダメージを与えられなかったようだ。

だが、あの煙攻めが有効だったら、オオスズメバチにはキイロスズメバチを狩りに来る余力はなかったはずだから、俺は死んでいただろう。煙攻めのために地下室の扉を開けておいたことも、結果的には、さいわいしたのだ。

俺は、ぜいぜいと喘ぎながら、階段の手摺《てす》りにつかまって一階へ下りた。

その途中で、一匹のオオスズメバチに出くわした。俺が浴びていたキイロスズメバチの警報フェロモンに興奮したらしく、こちらに向かってくる。

さっきのオオスズメバチには、助けてもらった恩義があるが、遅れてきたこいつには、遠慮する筋合いはなかった。キイロスズメバチよりは的が大きくて狙いやすかったため、ラケットの一撃で粉砕してやる。

一階に下りたところで、さらに数匹が現れて、後を追って来た。俺は、危ういところで追っ手を振り切り、玄関のドアを開けて、もう一度、山荘の外に転がり出る。

目や呼吸器の不快感は、耐えがたいまでに強くなっていた。

ラケットを捨てて両手の手袋を取ると、エアキャップを引きちぎった。毒液にまみれたヘルメットを脱いで、放り投げる。

眼鏡を取ると、吹き溜《だ》まりに顔をうずめるようにして、雪で目を洗った。苦い唾《つば》を吐き、口いっぱいに雪を含んで、吸い込んでしまった毒液を吐き出そうと努める。

完全武装さえしていればスズメバチに対抗できると思ったのは、考えが甘かった。やつらが、毒液を霧状にして噴霧することは知っていたが、重度のアレルギーを持っている人間にとっては、これほど大きなダメージになるとは想像もしていなかった。

……皮肉にも、二種類のスズメバチのうち、キイロスズメバチを片づけるという目標は、達したのかもしれない。オオスズメバチという最大の天敵に巣の場所を知られてしまったキイロスズメバチは、ほどなく全滅するに違いない。

だが、残ったオオスズメバチに対しては、もはや、何一つ打つ手を思いつかなかった。

事態は、ますます絶望的になったかのように思われた。

11

再びガレージに戻ると、俺は、スキーウェアを脱いだ。身体にぐるぐる巻き付けていたエアキャップを外すと、足を締め付けていたスキーブーツも脱ぎ捨てた。

キイロスズメバチとの死闘で、全身にびっしょりと汗をかいていた。右腕を覆っている黒いポリエチレンのゴミ袋も、いったん取ることにした。風呂場《ふろば》で負った火傷《やけど》の跡は、蒸れて痒《かゆ》かったが、あまり悪化していない。もしここに、スズメバチの毒液が付着していたらと思うと、ぞっとした。

このままでは、風邪を引いてしまう。汗で濡《ぬ》れた下着を新しいものに替えたかったが、ガレージには着替えなど置いていなかったため、素肌の上からスキーウェアを羽織った。

わずかに残っているボロ布を一斗缶に入れて、焚《た》き火を熾《おこ》そうと思ったが、食用油もチャッカマンも、広間に置いてきてしまった。

さいわい、ガレージに残っていたマッチを擦るが、なかなか着火してくれない。次々とマッチを消費してしまい、しだいに残りわずかになってきた。

ここで火が着かなければ、もしかすると、凍死するかもしれない……。

マッチの燃えさしを集めて、キャンプ・ファイヤーの薪のように組み合わせた。周囲には、細かく引き裂いたボロ布を配置する。それから、新しいマッチを擦った。

やった。うまくマッチ棒の燃えさしには火が着いた。ところが、ボロ布が燃える気配はない。このままマッチ棒が燃え尽きてしまえば、元の木阿弥《もくあみ》になる。

一瞬の決断で、残っていたマッチ棒を全部投入した。ひときわ高く上がった炎の上に、マッチ箱をかざす。火を起こすのは、これがラストチャンスになってしまった。失敗すれば、万事休すである。

固唾《かたず》を呑《の》んで見守っていたが、マッチ箱がめらめらと燃え上がると、引き裂いたボロ布にも炎が移ったので、ほっとする。

ようやく、焚き火を立ち上げることには成功したが、残ったボロ布の量から考えると、炎は保《も》って数分というところだろう。俺は、汗で濡れそぼったウールのセーターと下着を、炎にかざした。

俺は、ガレージの窓から外を眺めた。また、雪が降ってきたようだが、目がかすんで、よく見えなかった。ハチ毒へのアレルギー症状が続いているのだ。収まるまでには、まだかなりの時間がかかるだろう。手で触れると、両目は見事に腫《は》れ上がっているようだった。喉《のど》の不快感も残っており、声がうまく出せない。

しかし、いつまでも溜《た》め息をついているわけにはいかなかった。何か、次の手を考えておかなくては。

たしか、周囲数キロメートルには、人家はなかったはずだ。徒歩で助けを求めに行けば、途中で遭難する可能性が高い。しかも、履き物はといえば、あの歩きづらいスキーブーツしかないのだ。

だったら、足に布かエアキャップを巻き、ガムテープで固定すればいいのではないか。

今度こそ真剣に、大脱出のプランを検討する。

下着とセーターさえ乾けば、一応、寒さは防げる。雪で覆われているとはいえ、道路を辿《たど》って行けば迷うことはない。後は、体力の問題だろうが……。

どうにも自信が持てなかった。さっきから、どうも足腰に来ているのだ。無理をすれば、途中で歩けなくなるかもしれないという嫌な予感があった。

即席の布靴にしても、何キロも歩く間、保つとは思えない。

車が来ることに賭《か》けるか？　再び、虫のいい期待が頭をもたげたが、それが甘い空想にすぎないことは、わかっていた。吹雪の中、こんなところを通行する車は、ほとんどないだろう。

……いや、それは違う。車は、まちがいなく来るはずだ。

俺は、不快な現実を思い出して、唇を歪《ゆが》めた。

夢子たちは、必ず、この山荘にやって来る。俺が死んでいるかどうかを確認し、証拠を隠滅するために。

とぼとぼと道路を歩いている俺は、彼らと真正面から鉢合わせすることになる。

だめだ。

対決が避けられないとしたら、せめて、少しでも有利な場所を選ばなければならない。隠れる場所もない道路の上では、なすすべがないだろう。

俺は、首を振って炎に目をやった。そろそろ、下着とセーターは、いいかもしれない。身に付けてみると、まだ生乾きだったが、ほっとするような暖かさを感じた。

……いっそのこと、狼煙《のろし》でも上げてやろうか。運がよければ、誰かが気づいてくれるかもしれないし。

またぞろ、山荘を燃やしてしまいたいという思いが込み上げてきた。同時にスズメバチどもも根絶やしにできると思うと、危険な誘惑に駆られる。

炎を上げている一斗缶を見下ろす。これを持って山荘に入れば、放火は簡単だろう。

もちろん、いきなり入るのは危険だが、入り口を開け、周囲にスズメバチがいないのを確認すればいい。これだけ寒ければ、やつらは、絶対に外に出て来ない。さっきのように、しばらくの間ドアを開けていれば、スズメバチは、どこかに引っ込むはずだ。それから、悠々と広間に入る。家具など燃えやすいものは、周囲にいくらでもあるから……。

はっと気がついて、俺は、ぽかんと口を開けた。

何を考えているんだ。山荘に火をつける必要など、どこにもないではないか。

とりあえず、ドアを開けて中の温度を下げてやるだけでいい。ハチが地下室や換気孔に退避したら、山荘の中にあるものは自由に使える。燃えるものを持ち出し、庭で焚き火をして凌《しの》げばいいのだ。

そのついでに、地下室のドアを閉めておけばいい。それで、地下室のオオスズメバチは完璧《かんぺき》に隔離できるではないか。屋根裏のキイロスズメバチを閉じ込めようとしたときより、はるかに簡単だ。もちろん、すでに巣の外に出ているハチはいるだろうが、数は限られるだろうし、寒さで動きが封じられるから、たいした脅威にはならない。

俺は、口元に笑みを浮かべた。まったく、どうかしている。なぜ、こんな簡単な方法に気づかなかったのだろう。

今思えば、最初にこのガレージに避難したときに、頭を冷やしてよく考えるべきだった。なまじ、反撃に使えそうなアイテムを大量に発見したことで、スズメバチを退治したいという欲求で頭がいっぱいになってしまったのだ。

だが、もう、だいじょうぶだ。これからやることには、今までほどの危険は伴わない。

方針が定まると、少し気が楽になった。

山荘に外気を入れて冷やすときには、寒さに耐えなくてはならない。焚き火が続く間は、しっかりと身体を温めておくことにした。

目を閉じると、急に疲れが襲ってきた。

今度こそスズメバチに反撃する番だと思ったのに、あえなく返り討ちに遭ってしまった。

俺は、なぜ、あいつらに勝てないのだろうか。

屈辱は、どろどろとした徒労感と混ざり合い、心の底に黒々と沈殿していく。

いつのまにか、俺は、うとうとし始めていた。

アンザイ、おまえは、会社のお荷物だ。穀潰《ごくつぶ》しだ。

本当に、やる気あんのかよ？　仲間が毎日、靴底をすり減らして頑張ってるのを見て、何とも思わないのか？

気合いが足りないんだよ。根性が足りない。何が何でも売ろうという意思を感じない。

熱くなれよ。もっと、心を開けよ。しれっとした顔して、すかしてんじゃねえよ。

ここでダメなやつは、どこへ行ったってダメだ。ここ一番で頑張れないようなやつは、一生頑張れない。

周りから浴びせかけられる罵声《ばせい》は、猛《たけ》り立ったハチの群の唸《うな》り声のようだった。

新人研修。新入社員は、一人ずつ前に引き出されると、残りの全員から、ありったけの非難や罵詈《ばり》を投げかけられる。顔を真っ赤にして最後まで耐えるやつもいれば、泣き出すやつもいた。

俺は、まったく聞いていなかった。いや、言葉としては耳に入ってくるのだが、何一つ、心には響かない。周りの連中は、とにかくわめき続けるのがノルマなので、ネタが尽きてしまうと、同じことを繰り返すか、周りのムードに乗ってわけのわからない怒声を発するしかない。彼らの語彙《ごい》の貧弱さに心の底から憐《あわ》れみを覚えていた。まさか、こんなことで、自分が傷ついているとは思わなかった。

ここは、人間の社会ではなく、背広を着てネクタイを締めた、社会性昆虫の巣だった。構成員《ワーカー》たちは、毎日せっせと外を飛び回り、ミツバチのように蜜《みつ》を集めてくる。いや、やっているのが詐欺同然の商品先物取引――売買の実態はなく、無価値な預かり証を渡すだけで、儲《もう》かっているときは言を左右にして解約に応じず、価格が下落するなり追い証名目で金を吸い上げる――であることを考えると、営業部員はスズメバチのようなものだった。判断力の衰えた一人暮らしのお年寄りを狙い、言葉巧みに印鑑を捺《つ》かせて、獲物にするのである。

どれだけ多くの餌を取ってきたかで、構成員《ワーカー》としての価値が決まる。たくさん殺して、丸めて肉団子にしたやつは、表彰されて、蜜をもらえるのだ。その一方で、汚いやり方に躊躇《ちゅうちょ》した者は、徹底的に貶《おとし》められ、吊《つる》し上げられることになる。

そうだ。おまえなら、できる。ファイト！　生まれ変わったつもりで、頑張れ。人間、死んだ気になれば、何だってできるんだ。

俺の次の番で罵倒《ばとう》の嵐にさらされていた男が、とうとう耐えきれなくなり、涙ながらに更生を誓うと、一転して全員から熱い拍手と励ましを受けて、さらに泣きじゃくっていた。周りの連中も、ほとんど無反応に近かった俺の態度にはストレスを募らせていたらしく、その分の鬱憤《うっぷん》も、まとめて次の男に向かったらしい。

何なんだ、こいつらは、いったい。

俺は、涙を流して抱き合っている連中を見ながら、自分と社会との間に横たわっているグレート・リフト・バレーより深い溝の存在を実感していた。

ここは、ハチの巣だ。まともな人間には、どうしても、なじむことができない場所だ。もしかしたら、この国には、どこにも俺の居場所はないのだろうか。

今月も、最下位は、ぶっちぎりでアンザイ君だ。みんな、拍手ー！　彼が一人で平均を押し下げてくれているおかげで、多くの営業部員が平均以上という評価になってる。

営業部では、常に成績は最下位だったが、年下の若造である課長から見せしめのような叱責《しっせき》を受けても、ダメ人間のレッテルを貼られても、気にならなかった。

ここは、仮のステージだ。どんなに不快で馬鹿馬鹿しくても、やがて過ぎ去ってしまい、忘れ去られる人生の一コマに過ぎない。俺は、いずれは小説家になるのだから。

そう思うと、周囲で起きている出来事は、すべて、どうでもいいことのように思えた。

だが、ある日、いつものように、課長の嫌みをエンドレスで聞かされていると、何かがぷつりと切れるのを感じた。まともな教養もない人間のたわごとを、どうして、これ以上、聞いていなければならないのか。しかし、その場では何も言わず、黙って嵐が過ぎ去るのを待った。

その晩、営業部の全員が退社し、警備員の巡回が終わった後、机の私物を片付けた。

このときの気分には、立つ鳥跡を濁さずという言葉より、行きがけの駄賃という方が、しっくり来た。それで、部員全員の机を調べ、鍵《かぎ》のかかっていない引き出しに入っている書類は、すべてシュレッダーにかけてやった。課長の机の上には、作家としての想像力を発揮して、いかにも異常者の書きそうな恐ろしい呪詛《じゅそ》の言葉をマーカーで書き連ねたが、これだけでは効果が薄いかもしれないと思って、椅子の背と座面をカッターで切り裂いてやった。

それでも俺が訴えられることがなかったのは、別にやつらが震え上がったからではなく、詐欺集団だけに警察の介入を嫌ったからだろう。

俺は、目を開けた。

一斗缶の中のボロ布は、ぶすぶす煙を上げながら燃えていたが、ついに、名残惜しくも燃え尽きようとしていた。

さあ、そろそろ行こう。靴の代わりはなかったので、もう一度スキーブーツを履くしかなかった。山荘の中をよく探せば、もっとましなものが見つかるかもしれないが。ガレージから外に踏み出そうとしたときだった。俺の耳は、遠くから響いてくる音をとらえた。

これは、エンジン音だ。

助かった。一瞬、安堵《あんど》と歓喜に包まれかけたものの、すぐに別の可能性を思い出して、凍りついた。

もし、夢子と三沢が、俺の死を確認しに来たのだったら。

スズメバチで殺す計画が失敗したことを知れば、あいつらは、まちがいなく実力行使に及ぶだろう。このまま俺が生き残ったら、自分たちは殺人未遂で告発されるのだから。

俺は、ガレージのドアを開けて、そっと外に滑り出た。さっきよりも風が強くなって、再び、吹雪に近い状態だった。

ガレージの陰に隠れて、近づいてくる車を注視する。

吹雪で視界が遮られる上に、まだ目がかすんでいるので、車の姿はよく見えなかった。眼鏡に付着する雪片を払い落としながら、懸命に見定めようとした。

違う。四輪車ではない。バイクのようだった。しかし、だからといって、夢子たちではないという保証はない。三沢はバイクに乗っていただろうか。懸命に思い出そうとしたが、何一つ記憶になかった。

雪煙を立ててやってきたのは、雪道でも走れるオフロードバイクらしかった。道路からアプローチに入って、ゆっくりと山荘の前に停まった。エンジンを切ると、ドライバーが降りる。

誰だろう？　俺は必死に目を眇《すが》めた。黒っぽい上下を着ている。体格からすると、男であることはまちがいないだろうが、視界が霞《かす》んでいる上、まるでダース・ベイダーのようなオフロードタイプのヘルメットを被《かぶ》っているため、はっきりとはわからなかった。

俺は、ガレージの陰から出ると、身を低くして、そろそろと近づいていった。頭を覆う白いセーターと、アイボリーのスキージャケットは、雪と保護色になるはずだと思ったが、もし急に振り返られたら、見つからない保証はなかった。

ひょろりとした男の姿が、さっきよりはっきりと見える。

武松だろうか。……だが、確信は持てなかった。

「安斎先生！　いらっしゃいますかあ？」

あの声は、武松だ！　今度こそ、まちがいない。中腰になっていた俺は立ち上がった。これで、命がつながった。君のおかげだ。持つべきものは、やはり優秀な担当編集者だ。この恩には、いつか必ず報いることにしよう。

「おーい！　ここだ！」

俺は大声で叫んだつもりだったが、実際に声帯から出たのは、ひどく弱々しい嗄《しわが》れ声にすぎなかった。

「安斎先生？」

案の定、吹雪にかき消されてしまい、武松には聞こえなかったようだ。

玄関のドアノブに手をかけて、鍵がかかっていないのに気づいたらしい。ヘルメットを脱ぐと、中へと入っていく。俺は、後を追おうとしたものの、雪に足を取られてしまい、前のめりに倒れ込んだ。

起き上がって、ようやく玄関ドアまで辿《たど》り着くと、一瞬だけ、武松の後ろ姿が見えた。地下室へのドアが半開きになっており、消火器が落ちていることに不審を覚えたらしい。

ドアを開け、地下へ下りようとする。

「だめだ！　やめろ！　そこへ入るな！」

俺は、喉《のど》も破れんばかりに叫ぼうとした――しかし、実際には、それは蚊の鳴くような音量でしかなかった。

武松が、階段を下りていく足音が聞こえる。

ふいに、階段を踏み外し、転落したような、激しい音が響き渡った。

階段の滑り止めシートのトラップだ。俺は天を仰いで唇を噛《か》んだ。あれを元通りにしておいたことが、完全に裏目に出てしまった。

「うわあ……！」

続いて、武松の叫び声と、オオスズメバチの羽音が聞こえた。

武松の悲鳴は、しばらく続いていたが、唐突に途切れた。

俺は、目を閉じる。

オオスズメバチは、炎と消火剤の攻撃でかなり気が立っていたはずだから、おそらく、いっせいに武松に襲いかかったに違いない。ハチ毒へのアレルギーがなくても、逃げ場のない狭い地下室でオオスズメバチの大群に襲われれば、まず助からないはずだ。

また、羽音が聞こえた。地下室から二匹のオオスズメバチが現れて、こちらへ向かってくる。俺は、方向転換すると、玄関ドアから外へと避難した。

そうだ。武松のバイクがある！

俺は、息せき切って、オフロードバイクに近づいた。エンジンを切ったばかりなので、まだ温かい。もし、キーが残されていたら、これで逃げられる。

甘い期待は、はかなく潰《つい》えた。こんなに人里離れた場所で、盗難を警戒する必要はないはずだが、武松は、習慣からか、しっかりとキーを抜き取っていたのだ。

だとすれば、現在、キーは武松が身に付けているはずだ。

一瞬、何とかして、遺体から（気の毒だが、武松はすでに死んだと見なすよりなかった）キーを回収する術《すべ》はないかと考える。だが、もちろん、興奮したオオスズメバチの巣窟《そうくつ》に入って、キーを取ってくることなど、狂気の沙汰《さた》でしかない。

俺は、少し考えて、オフロードバイクを吹き溜《だ》まりまで引き摺《ず》っていった。両手で浅く雪を掘ると、バイクを埋めて、上から雪をかけて隠しておく。

別段、何か成算があったわけではなかった。だが、いずれ、夢子と三沢が現れることは確信していた。そのとき、バイクを見られると、警戒されると思ったからだった。

少し離れた場所にある雪の塚が目にとまった。何となく、誰かの墓を思わせた。

俺は、視線をそらすと、鈍色《にびいろ》の空を見上げた。

雪と風は、ますます激しさを増している。

横殴りの風に乗って飛びながら、ときおり旋風によって巻き上げられる雪片は、まるで、真っ白なスズメバチの大群のようだった。

12

窓を開けてあるせいで、山荘の中は冷蔵庫並みに冷え切っていた。

俺は、キッチンで毛布を被り、電熱ポットを抱きながら、寒さに震えていた。

当初は、ハチの姿が消えたら、燃えるものを庭に積み上げ、盛大にキャンプ・ファイヤーを行う計画だった。しかし、それでは、夢子と三沢が戻ってきたときには対処のしようがなくなってしまう。

だとすれば、やつらがここへやって来ることを見越して、待ち伏せにすべてを賭《か》けるか。もはや、それ以外に助かる道はないように思えた。

だが、その場合は、待ちぼうけを食わされるリスクも考えなければならない。来ないということは考えにくかったが、一日か二日、後にずれ込んだら、凍死するか、肺炎で死ぬことになるかもしれない。

俺は、熟慮の果てに、二人が今日中にやって来る方に賭けた。

やつらは、俺を殺すため、ここまで凝った罠《わな》を仕掛けたのだ。早く結果を確認したいと思わないはずがない。それに、山荘に来客があることは稀《まれ》だろうが、武松のような例外もある。遺体を放置したままでは、気が気でないだろう。

彼らがやって来たとき、うまくふいを突こうと思えば、山荘の中で待つしかなかった。そして、まだ相当数のオオスズメバチが残っている屋内で長時間過ごすには、中の気温を外と同じくらい低くする以外に方法はない。

結果、こうやって寒さに耐える以外に、選択肢はなかったのだ。

こうすることによって、せめてオオスズメバチが凍死してくれれば、まだ頑張る甲斐《かい》はあるというものだが、やつらの大半は、ボイラーの暖房が効いた地下室の巣にぬくぬくと籠《こ》もっているだけだ。外へ出ていたハチも、すでに大部分は換気孔の中に避難しているに違いない。

もし寒さに良い面があるとすれば、毒液の霧によって引き起こされたアレルギー症状が、冷やされたおかげで落ち着いていることくらいだろうか。

俺は、かじかんだ身体を動かし、冷たい手と手を擦り合せながら、ひたすら考えた。

あいつらは、俺を殺すのに、スズメバチに刺されて死ぬというシナリオを選択した。どうして、こんなに手間のかかるやり方を選んだのかが、当初からの大きな疑問だった。殺害方法としては確実性に欠ける上、山荘の中には不自然な工作の跡が残ってしまう。

最初は、苦しめるためかとも考えたが、夢子は、サディスティックな性格ではないし、いくら何でも、そこまで恨まれる筋合いはないはずである。

そこで、純粋に実利という点で考えると、二つの有力な動機が浮かび上がってきた。

第一は、保険金である。

はっきりとは思い出せないが、自分には、かなり多額の生命保険がかかっていたはずだ。保険の加入には、夢子の方が積極的だったかもしれない。自分が死んだ場合には、夢子はそれをそっくり受け取れることになる。

待てよ。それは病死の場合だ。災害死亡特約が付加されていれば、不慮の事故によって死亡した場合は、保険金は二倍になる可能性がある。

不慮の事故の正確な定義はわからなかったが、スズメバチに刺されて死んだ場合には、まちがいなく該当するだろう。

つまり、やつらは、遺体を埋めたり焼き捨てたりして、俺が失踪《しっそう》したことにするのではなく、不慮の事故によって死んだように偽装するつもりに違いない。

……しかし、だとすると、現場がこの山荘だったら不都合なはずだ。十一月の八ヶ岳でスズメバチに刺され、しかも、その巣が山荘内にあったとなると、警察や生命保険会社に疑惑を抱かれるのは必至だ。

では、どこで刺されたことにするのか。

おそらくは自宅周辺だろうと、俺は推理した。下界では、この季節、まだスズメバチが活動していてもおかしくない。

世田谷《せたがや》の自宅のどこか——屋根裏か物置小屋あたりに、いつのまにかスズメバチが巣を作っていたという筋書きだろう。自宅の一部であれば、やりたいように偽装工作ができる。スズメバチの巣を一つと、ハチの死骸《しがい》を少々用意しておけば、そのうち何匹かに刺されて死んだものと思わせることができるだろう。

その場合、この方法には、もう一つの利点がある。スズメバチの毒針は、凶器としては、特定が非常に難しいはずなのだ。

スズメバチの死骸を科学警察研究所に持ち込んでも、スズメバチが死んだ日時を調べるのは困難だろうし、そのスズメバチが、死因となった凶器かどうか同定することも、まず不可能に違いない。かりに、キイロスズメバチの刺傷とオオスズメバチの刺傷が混ざっていたとしても、よほど精密に調べない限り、見分けがつかないに違いない。

スズメバチに刺された患者は、車に乗せて病院に運ぶから、現場をそれらしく取り繕う必要もない。どこで刺されましたかと警察に聞かれてから、自宅を見せればいいのだ。

事件性を薄めながら、保険金も災害死亡扱いで倍額になる。これは、不確実性を補って余りある、巧妙なやり方かもしれない。

そう思うと、夢子が、俺が留守の間に三沢を家に招き入れている様子が目に見えるようだった。俺を殺害するための準備工作は、きっと、やつらの情事の格好のスパイスになっていたことだろう。

あらゆることが、ジグソーパズルのピースのように、ぴたぴたと符合していった。

だが、まだ納得し切れていない点もある。

俺がハチに刺されて死んだように装うのであれば、簡単なことだ。酔い潰《つぶ》しておいて、スズメバチを入れたコップを皮膚に押し当てればいい。パニックに駆られたスズメバチは、執拗《しつよう》に何度も刺して毒液を注入し、確実に俺を死に至らしめたことだろう。

なぜ、そういうやり方を採らなかったのだろう。

俺は、冷たくなった指先を擦《こす》りながら考える。

俺が犯人なら、まちがいなく、そうしただろう。その方が、直截《ちょくせつ》で確実だからだ。

だが、夢子と三沢は、そうはしなかった。

それは、いったい、なぜなのか。

安斎智哉の作品では、周到に作り上げた罠の中にターゲットを放置するような、一見、不確実で迂遠《うえん》な方法が用いられることが多い。

だが、それは、被害者が苦闘するシーンがサスペンスの見せどころだからである。また、ドミノ倒しのように緻密《ちみつ》に組み立てられた計画が進行する様には、ミステリーならではの快感がある。

犯人は、歪《ゆが》んだ貴族趣味とでも言うのだろうか、犯行時刻には遠く離れた場所にいて、ブランデーかコーヒーでも飲みながら、被害者が死ぬのを悠々と待つのだ。

しかし、夢子は、その手の陰湿な自己満足に浸るタイプでもないはずだ。

三沢も、フィールドワークの多い理系の研究者なら、もっと実際的な方法を好むのではないだろうか。

俺は、目をつぶって考える。謎の答えは、夢子の性格の中にあるような気がした。

……彼女は、自ら手を下して生き物を殺すということができない。ゴキブリが出ても、大騒ぎして俺を呼ぶ。その手のエピソードは、何度もエッセイのネタにしてきた。

はたして、それが、こういう回りくどい方法を採用した理由だろうか。

たしかに、それもあるような気がする。しかし、それだけとは思えなかった。

彼女が書いた絵本のストーリーを思い出してみると、そこには、共通するモチーフが、いくつか見られるような気がする。

いわく、人生は一度しかない。だから、後悔はしたくない。二度と戻らない大切な時間は、美しいもの、懐かしいもの、好きなものに囲まれて生きていたい。

この世に存在する醜いものや恐ろしいもののことは、なるべく考えたくない。そういうものは、できれば、心の中から消し去ってしまいたい。

そうか。やはり、そうだったかと思う。

夢子の作品には、しばしば出てくる印象的な表現があった。「記憶を汚したくない」というフレーズである。

あれは、**『いきるもの　いかすもの』**だったと思う。夢子の代表作とされている絵本に、たしか、こんなセリフがあった。

「あなたたちが、ここであしながおじさんを見捨てたら、これから先ずっと、その記憶を抱いたまま生きることになるのよ。罪の意識で汚された記憶を」

絵本にしては生硬な表現だが、それが夢子の持ち味だった。話し手は、ベッコウバチの（ちくしょう、またハチだ！）裕美《ひろみ》。独特の美意識を持っている姉御肌のキャラクターで、小顔と飴色《あめいろ》の翅《はね》、カールした触角がチャームポイントである。

『いきるもの　いかすもの』は、擬人化された昆虫の世界が舞台だった。多くの虫は、豊かな感性とアーティスティックな素養を持っており、バルビゾン風の芸術家村を作って生活している。

主人公は、ダンディなアシナガバチの翔《しょう》だった。いつもふらふら飛んでいるガガンボの春夫《はるお》とザトウムシの卯三郎《うさぶろう》に、何となく親近感を抱いて、『あしなが同盟』を結成する。（ガガンボとザトウムシは、どちらも異様にひょろ長い肢《あし》が特徴である）あしながおじさんという渾名《あだな》で呼ばれている卯三郎は、とんでもなく弱々しく不器用な虫で、頻繁に穴ぼこに落っこちたりする災難に遭う。そのたびに、翔たちが、仲間の虫の助けを借りて救出するというのが、シリーズで毎度おきまりのパターンだった。

ある日、卯三郎は、人間の家の庭にある雨水マスの中に落っこちてしまう。雨水マスは、雨水を下水に流すために地中に埋められたコンクリート製のマスで、上部には鉄格子が嵌《は》まっている。ところが、この雨水マスは物置で上部を塞《ふさ》がれているため、ごく細い隙間しかなかった。

「ああっ！　こりゃ、しまったわい」

卯三郎は、雨水マスの底に落ちて、いつものセリフを吐く。

「だいじょうぶ？　ケガしてない？」

翔たちは、心配して地上から問いかける。隙間が細すぎて、卯三郎以外の虫は、とても入り込めそうになかった。

「わしのことなら、気にせんでいい。もう充分に生きたからな」

卯三郎は、弱々しく答えた。じじむさい喋《しゃべ》り方が特徴だったが、年齢は翔たちと同じで、まだ若者という設定である。

「そんなこと言わないで！　なんとか、自力で上ってこられない？」

「いや、無理だな。水に張りついて、身体が動かんのだ」

卯三郎は、雨水マスにたまった水に長い肢を搦《から》めとられてしまい、身動きすらならない状態だった。

翔たちは途方に暮れるが、ここで、姉御肌のベッコウバチの裕美が登場する。そして、あしながおじさんを見捨てることは、この先ずっと罪の意識で汚された記憶を抱いたまま生きることだという名セリフを吐くのである。

翔は、仲間に助力を求めることにする。まず、ジョロウグモの絹代《きぬよ》さんのところへ行き、強いロープを作ってくれるよう頼む。絹代さんは、巣をレース編みで飾ることが趣味の、おしゃれな蜘蛛《くも》だったが、快く引き受けて、特別に、粘らない糸で強靭《きょうじん》なロープを紡いでくれる。

その次に、陶芸家であるトックリバチの備前《びぜん》さんに、ぎりぎり雨水マスの隙間を通り、卯三郎の身体を入れられるサイズのトックリを作ってもらった。(それにしても、夢子の話にはハチがよく出てくると思う)

それから、アメンボのサーファー海斗《かいと》たちに会う。卯三郎を救うためには、海斗たちの協力が欠かせなかった。要求される行動の難しさに、彼らは、はじめのうちは難色を示していたが、翔たちの熱意にほだされた格好で、一肌脱ぐことになる。

海斗たちのレスキュー隊は下水側から暗渠《あんきょ》を遡《さかのぼ》り、遠い道のりを辿《たど》って雨水マスの中に到達した。そして、卯三郎を表面張力の罠《わな》から救い出すと、上から翔が垂らしたロープの先端に付けたトックリに、ぐったりした卯三郎の身体を入れる。

地上では、美しいがあまり頭は良くないキアゲハの美羽《みう》が、みんなを励まそうと懸命に舞を舞っていた。

やがて、全員の努力の甲斐《かい》あって、卯三郎は無事に救助される。

「わあ。助かったんだ!　本当によかったね!」

「みんな、よくがんばったね！」

最後は、ずっと虫たちの奮闘を見守っていたらしい（それだったら助けてやればいいのにと思うが）子供たちの歓声で締めくくられていた。

俺は、ふと眉根《まゆね》を寄せた。

まさかとは思うが、あのことが、何か影響を及ぼしているのだろうか。

三年半くらい前だったか。角川書店の『野性時代』に掲載された、少々悪ふざけのすぎる短編のことを思い出したのだ。

そのときの特集は、『私家版、名作の続編』というもので、古典の名作に勝手に続きを書くという趣向だった。芥川《あくたがわ》や漱石《そうせき》といった古典から山田《やまだ》風太郎《ふうたろう》や松本清張《まつもとせいちょう》の短編まで、バラエティに富んだラインナップとなったが、俺が選んだ作品はさらに異彩を放っていた。夢子の『**いきるもの　いかすもの**』だったのだ。

絵本だし、かなりのベストセラーになったとはいえ、誰もが知る名作とは言えないが、あらすじが簡単で紹介しやすかった。それに、現代の作品でも、著作権者が夢子であれば訴えられる恐れもない。

多少でも見る目のある読者には、締め切りが近づいて苦し紛れに選んだことくらいは、察しが付いただろうが。

原作者非公認の続編『**いきるもの　ころすもの**』は、こんな話だった。

「ああっ！　こりゃ、しまったわい」

卯三郎は、風に吹かれて大きな水たまりに落ち、いつものセリフを吐く。

「だいじょうぶ？　平気なの？」

折悪しく、その場に居合わせたのは、美しいがあまり頭は良くないキアゲハの美羽だけだった。

「わしのことなら、気にせんでいい。もう充分に生きたからな」

卯三郎は、弱々しく、じじむさく答える。

「そんなこと言わないで！　だいじょうぶよ。絶対、助かるから！」

「いや、無理だな。水に張りついてしまって、身体が動かんのだ」

卯三郎は、褐色の水に長い肢を搦めとられてしまい、身動きすることもできなかった。

「わたしの手につかまって」

美羽は、卯三郎の上に舞い降りると、何とかして引き上げようとした。ところが、卯三郎の八本の長い肢を水面から上に持ち上げることはできない。美羽が一生懸命伸ばした手が卯三郎の肢に触れた瞬間、逆に、美羽の方が水たまりに引き込まれてしまった。

「きゃあっ。誰か、助けて！」

身体の小さい昆虫にとっては、水の粘性は蜂蜜《はちみつ》のようなものなのだ。鱗粉《りんぷん》のある羽以外は、身体がすっかり水にくっついてしまい、美羽は、必死になって叫んだ。

すると、その声に応《こた》えるように、水面をすいすい滑りながら近づいてくる多くの影があった。

アメンボの海斗たちである。

「あ！　アメンボたちが助けに来たよ！」

「ほんとだ！　みんな、頼んだよ！　二人を助けてあげてね」

見守る子供たちが、声援を送る。

海斗たちは、隊列を組んで滑らかに進むと、美羽と卯三郎の周囲を取り囲んだ。

「さあ、どうやって助けるのかな？」

「みんなで、岸まで押していくのかな？」

「背中に乗せるんじゃない？」

子供たちの無邪気な声に、しだいに、恐ろしい疑惑が混じり始める。

「あれれ？　どうしたのかな？」

「何だか、変だぞ。まるで、助けに来たんじゃないみたいだ」

子供たちは、しばし唖然《あぜん》とし、それから、この世の真実に触れた衝撃に大声を上げる。

「ああ！　だめだよ！　そんな……！」

「ひどい。いや！」

「やめて！」

アメンボだけでなく、タガメやタイコウチ、ゲンゴロウなど水生昆虫のほとんどは、水面に落ちた別の虫などの体液を吸う習性がある。

美羽と卯三郎は、飢えたアメンボたちにとって、天から降ってきた久々のご馳走《ちそう》だったのだ。

途中で、こんなことを書いて、だいじょうぶだろうかと思ったのを覚えている。

夢子が読んだら、怒り心頭に発するのは必定だったからだ。

しかし、太古から続く昆虫たちの自然の営み——殺戮《さつりく》劇は、なおも続くのだ。

「助けて。お願いします。どうか、助けてください」

ジョロウグモの巣にかかったガガンボの春夫が、悲痛な声を上げていた。

「ごめんなさいねー。だけど、これがわたしの本性なのよ」

巣の主である絹代さんは、にこにこしながら、春夫をぐるぐる巻きにしていく。

「その代わり、シルクより光沢が美しい、最高の経帷子《きょうかたびら》で包んであげるわね」

そこへやって来たのは、アシナガバチの翔だった。

「あっ。絹代さん！　それは、もしかしたら、春夫じゃないんですか？」

「そうよ。今、きれいにラッピングしてあげてるところ」

「そんな、だめですよ！　助けてあげてください」

「それは、蜘蛛《くも》にはできない相談だわね」

絹代さんは、手際よく春夫を回転させて、エジプトのミイラみたいにしてしまう。

「春夫を……春夫を離せ！」

ついにたまりかねて、翔は叫ぶ。

「僕たちは、『あしなが同盟』なんだ！」

翔が鋭い針を向けると、絹代さんは、溜《た》め息をつき、笑みを見せる。

「しかたがないわねえ。……わかったわ」

「えっ？　じゃあ、春夫は？」

「解放してあげる。さあ、ここへ来て、糸をほどくのを手伝って」

「うん、わかった」

翔は、いそいそとやってくる。

「そこの糸はくっつかないから、肢《あし》を載せてもだいじょうぶよ」

だが、絹代さんが指示した糸には、なぜか恐ろしいまでの粘り気があり、翔は動けなくなってしまった。

「わわ？　貼りついちゃった……どうして？」

「うん。ちょっと待っててね」

絹代さんは、翔のそばに寄ると、尻《しり》から糸を発射して、ぐるぐる巻きにしてしまう。

「あっ！　何をするんだ？」

「翔くんも、やっぱり春夫くんと一緒の方がいいんじゃないかと思ってね。何と言っても、二人は、『あしなが同盟』なんだもの」

絹代さんは、八本の肢を巧みに使って、すばやく翔を糸でくるむと、春夫の隣に吊《つる》した。

「ごめんね。でも、これが自然の摂理なのよ」

絹代さんは、ほんのちょっとだけ、すまなそうに言った。

「あなたたちの死は、けっして無駄にはしませんからね。どうか思い残すことなく、私の卵のための滋養になって」

「ちくしょう。……こんなのって、ひどいよ」

翔は、無念の思いで春夫を見やる。春夫は、すでに自分を待ち受けている運命を悟ったらしく、目もうつろで、情動が麻痺《まひ》した状態に陥っていた。

そのとき、翔は、はっと気がついた。誰かが、向こうの木の葉陰からこちらを覗《のぞ》いている。あれは、ベッコウバチの裕美さんではないか。

翔が、助けを求めて懸命に視線を送ると、裕美さんは、静かにと言うように口元に手を当てた。それで、翔も、叫び出したいのを我慢して、必死に沈黙を守った。

「さあ。どちらからいただきましょうか？　翔くんの方が汁気たっぷりよね、わたしは、美味《おい》しいものは後に残しておく主義なの」

絹代さんは、巣から吊していた春夫を引き上げて、体内に消化液を注入し、どろどろに溶けた中身を旨《うま》そうに吸い始めた。翔は、恐怖にがたがた震えながらも、必ず裕美さんが助けに来てくれるはずだと信じて、声を出すのを控えていた。

「うーん。やっぱり、春夫くんはやせっぽちすぎて、前菜にもならなかったわー」

絹代さんは、今や、食欲を剝《む》き出しにしていた。

「じゃあ、いよいよ、メインディッシュの翔くんね」

「待って！　そんなのって、ないよ！　助けて、ひろ……！」

翔が叫び出そうとしたとき、絹代さんは、糸でぐるぐる巻きにして、口を塞《ふさ》いだ。

「前に言ったことなかったかしら？　わたし、食事中は静かにしててほしいたちなのよ」

絹代さんは、そう言うと、翔の身体に牙《きば》を突き刺した。

生きながら消化液で内臓が溶かされる苦痛を味わいながら、翔は身体を痙攣《けいれん》させていたが、やがて絶命した。

絹代さんは、濃厚な翔のスープを一滴残らず吸い取ると、ほっと吐息をついた。

「ああ、満足。これで、わたしの赤ちゃん全員に、充分な栄養が行き渡るわね」

そのとき、かすかな羽音が聞こえた。絹代さんが、はっと気がついて振り向いたときには、もう手遅れだった。飴色《あめいろ》の物体が稲妻のように襲いかかり、絹代さんを巣から叩《たた》き落とす。

「誰？　……裕美さん？」

それが、この世で絹代さんが発した最後の言葉だった。裕美さんは、絹代さんの神経叢《そう》に毒針を打ち込み、毒液を注入した。しかし、絹代さんはすぐに死ぬことはない。ベッコウバチの毒液は、獲物を麻痺させるだけなのだ。

「絹代さん。ごめん！　だけど、あなたの身体は無駄にしないから、安心してね。あなたのことは、本当に、ずっとずっと前から狙ってたんだ」

裕美さんは、きれいにカールした触角をかしげながら言う。

「翔くんたちは、別に、助けてあげてもよかったんだけど。あなたには、きちんと最後の食事をしてもらいたかったわけ。だって、その方が、もっともっと栄養がよくなるもんね」

裕美さんは、麻痺した絹代さん（裕美さんよりずっと大きかった）を引き摺《ず》って行った。そして、充分離れた場所で地面に深い穴を掘ると、絹代さんを中に運び込んで、卵を産みつけた。

「これからは、辛《つら》い時間が続くと思うけど、我慢してね。あなたは、わたしの赤ちゃんが食べている間は、生きててもらわないと困るの。そうじゃなかったら、途中で腐っちゃうでしょう？　たぶん、その間は、ずっと意識もあると思うわ。まあ、可哀想なんだけど、これが自然の摂理ってもん？　あなただって、さっき、そう言ってたもんねー」


裕美さんは、穴の外に出ると、掘り出した土で穴をきれいに埋め戻した。

これで、無事に子孫を残すことができる。

利己的な遺伝子の命令にしたがい、個体としての務めを果たすことができたのだ。

裕美さんは、満足してその場を飛び去ったが、その様子を草陰からじっと窺《うかが》っていた、寄生バエの花子《はなこ》の存在には、まったく気がついていなかった。

寄生バエの花子は、これから麻痺した絹代さんを掘り起こし、産卵して、もう一度埋め戻す。

花子の産んだ卵は裕美さんの卵より先に孵《かえ》り、絹代さんと裕美さんの産んだ卵の両方を貪《むさぼ》り喰《く》いながら成長することになるのだ。

まったく、身も蓋《ふた》もない話だった。作者の人間性を疑われても、しかたがないだろう。

『野性時代』は、当然角川書店から送られてくる。夢子はこれを読んだはずだ。無惨な目に遭わされている大切なキャラクターの姿に衝撃を受け、怒りを禁じ得なかっただろう。そのことは、惨殺された翔たち『あしなが同盟』や、絹代さんや裕美さんが、それ以降、一度として夢子の絵本には登場していないことからも、あきらかだった。

その後、『**いきるもの　ころすもの**』は、夢子に配慮して封印されるということもなく、『**つまらない話**』という短編集（よく、このタイトルに角川書店が同意したと思う）に、昨年収録された。

夢子は、絵本に登場するキャラクターに、実在の人物に対するのと劣らないほど深く感情移入するタイプである。だとしたら、彼女が心に負った傷は、生やさしいものではなかったのかもしれない。

……いや、いくら何でもあり得ないだろう。そんな理由で、人殺しをしようとする人間は、まずいない。

しかし、夢子の場合、絶対にあり得ないと言えるだろうか。

俺は、考え込んでいた。

たかが絵本のキャラクターにすぎない、ハチの復讐《ふくしゅう》？　まさか、そんな馬鹿なことが。

いくら考えても、結論は出なかった。夢子が自分を殺そうとした真の理由がどこにあるのかは、本人に尋ねてみるしかない。

しかし、こんな持って回った、しかも不確実な方法を用いたのは、やはり、自分の手を汚すことを嫌ったからだとしか考えられなかった。

いや、「手を汚す」ことは平気でも、「記憶を汚し」たくなかったのだ。それだったら、三沢に全部任せればよさそうなものだが、たぶん、自分の恋人が殺人の記憶を抱いていることすら、夢子には耐えられなかったのだろう。

それで、わざわざ、こんな回りくどいやり方をした。罠《わな》を仕掛け、俺がかかるのを待つことにしたのだ。俺の遺体を確認して、病院へ運ぶのは、それほど抵抗がないのだろう。自分自身に対しても、まるでそれが救命のための行為であったかのように、偽ることができるからだ。

だが、その考えは、少々甘っちょろすぎる。

人を殺しておいて、そのことを忘れて生きたいという身勝手さを非難するつもりはない。人の心が、自己防衛のためにその手の詐術を施すことは、ままある。忌まわしい出来事の記憶――負担に耐えきれず、心が壊れてしまわないようにするためだ。

しかし、人を殺すということは、あたりまえの話だが、きれい事ではできない。自らも命がけになり、刃物を持って体当たりする気魄《きはく》で、初めて相手の命を奪えるのだ。絶対に手を汚したくないという甘さ、不徹底さは、最後の最後に、自らに跳ね返ってくるはずだ。

そんな結末は、夢子の描くメルヘンチックな絵本には無縁だろうが。

そのとき、ふと、もう一冊の本のことを思い出した。

『胡蜂《スズメバチ》』……。

俺が、昔書いた本のタイトルである。傑作とは言いがたかった……というより、完全な失敗作だろう。登場人物にはリアリティのかけらもなかったし、ミステリーとしても破綻《はたん》していた。

たまたまタイトルが符合するだけで、本物のスズメバチは登場しない。特別に、現在の状況に関係があるとは思えなかった。夢子が俺を殺す動機にも、とうていなりえない。

だが、なぜか、この本のことが気にかかるのだ。

この本には、いったい、どんなメッセージが込められていただろう。棘《とげ》のように何かが心の深層に突き刺さっているのがわかった。しかし、思い出せそうで思い出せないのが、歯がゆかった。

結論の出ない思考の迷宮を彷徨《さまよ》っているうちに、いつのまにか、意識が遠くなっていた。

13

ふいに、何かに呼び覚まされた。

一瞬、自分がどこにいるかわからなかったが、尻《しり》の冷たさが、記憶をよみがえらせる。

ここは、山荘のキッチンだ。感覚がなくなりかけた手で、毛布をつかむ。うっかり、眠りかけていたようだ。このまま意識を飛ばしてしまったら、二度と目覚めなかったかもしれないところである。

はっとする。また、聞こえた。目覚めるきっかけになった音だ。遠くから聞こえてくる。あれは、車のエンジン音だ。

俺は、起き上がろうとして顔をしかめる。まるで全身が凍りついてしまったようだった。膝《ひざ》がきしみ、背中は強張《こわば》っている。何とかほぐそうと、懸命に掌でさすった。

頼む。動いてくれ。これからが、最後の闘いだ。ここで失敗したら、これまでの苦闘が、すべて水泡に帰すのだから。

積雪が音を吸収するのか、最初のうちは聞こえるか聞こえないかというレベルだったが、車の音は徐々に近づいてきた。

俺は、そっと身を起こした。刃渡りの長い刺身包丁を手にすると、キッチンから出て、広間を進む。窓からそっと様子を窺《うかが》った。一台のパジェロが道路からアプローチに入り、ゆっくりと山荘の前に止まったところだった。

乗っているのは、二人だ。運転しているのは三沢、助手席にいるのは夢子だろう。

彼らが降りてくるのを待ったが、しばらくは動きがなかった。何か相談しているらしい。臆病《おくびょう》なくらい慎重なやつらだ。

やはり、武松のオフロードバイクを隠したのは正解だった。あんなものを見つけたら、やつらは、確実に警戒を強めたことだろう。

しばらくして、ようやく両側のドアが開いた。二人の人間が雪の上に降り立つ。俺は、眼鏡をかけ直して、両目を眇《すが》めた。一時は完全に塞《ふさ》がっていた両目も、今では、まともに見えるようになっていた。

手前側にいる夢子は、見覚えのないスキーウェアのような白い上下に身を包んでいた。目深にキャップをかぶり、黄色いゴーグルまで嵌《は》めている。その向こうから、フード付のマウンテンジャケットを着た三沢が現れた。

三沢の手にある物体を見て、俺は目を瞠《みは》った。

最近のエンターテインメント小説には、実に多種多様な武器が登場する。そのために、ある程度の知識は蓄えていた。

遠目にはただのトレッキング用の杖《つえ》のようだが、もしかしたら、あれはブローガン――スポーツ用の吹き矢――ではないだろうか。三沢は、そこそこ肺活量もありそうだから、飛距離は出るだろうし、あれだけ筒が長ければ、かなり命中率も高いに違いない。

三沢は、スズメバチの罠が不発に終わった場合まで想定して、しっかりと武装してきたらしい。

だとしても、ブローガンを選んだのは、なぜだろう。音がしないというメリットはあるが、もっと威力のある武器は、いくらでもあるのに。

……そうか。俺は、はっとした。そもそも、ブローガンの矢を撃ち込むだけで致命傷を与えることは難しい。アマゾンの先住民が使う吹き矢も、ヤドクガエルの毒を塗ることで、獲物を麻痺《まひ》させて仕留めることができるのだ。

三沢はハチの専門家である。鏃《やじり》の部分――針《ダート》に溝を掘り、スズメバチの毒を仕込んでおくことも可能だろう。

つまり、やつは、あくまでも、スズメバチによる刺傷事故という当初の設定で押し通すつもりなのだ。

俺は、刺身包丁に目を落とした。自分の甘さには呆《あき》れるしかなかった。だいたい、敵が丸腰で来るはずがないではないか。こちらが姿を見せた瞬間、吹き矢の餌食《えじき》になるだろう。もし勝機があるとすれば、ドアの陰に隠れて、三沢が入ってきた瞬間に襲いかかる以外にないだろうが。

頭の中に、映画のようにはっきりしたイメージが浮かんだ。刃物を腰だめに構えると、重心を下げて突進し、体当たりするようにして刺殺するのだ。腹をえぐられた相手は、その場に崩れ落ちる……。

いや、小説ならともかく、現実に、そんなにうまくいくとは思えない。三沢の用心深い性格からすると、玄関から入ってくるときも充分な目配りをしているはずだ。

だめだ。やはり、計画は根本から修正しなければならない。

だが、どうすればいいのか。

三沢と夢子は、こちらに向かって歩いてくる。しきりに、何かを話し合っているようだ。もしかしたら、意見に食い違いがあるのかもしれない。

そう思って見ると、三沢は、しきりに夢子をなだめているような感じがする。唇の形は読めなかったが、身振り手振りの様子からは、〈だいじょうぶ〉、〈生きてるわけない〉と言っているような気がした。

俺は、必死に、会話の内容を読み取ろうとした。

〈とにかく、手だけ貸してくれれば〉

……おそらく、そう言ったのではないか。

〈嫌よ！　見るのも嫌なのに、触るなんて冗談じゃないから〉

夢子は、この土壇場に来て急にゴネだしたのだろうか。

〈わかった。……とにかく、状況を確認してからの話だ〉

二人は、小声で会話を続けながら間近に近づいてきた。俺は、音を立てないようにして玄関ドアから離れる。

広間には、身を隠せる場所はほとんど見当たらなかった。

俺は、爪先《つまさき》立ったまま、大股《おおまた》にキッチンへと引き返した。誰か見ている人間がいれば、微苦笑を誘われるような滑稽《こっけい》な動きだろう。ぐっすりと眠っている子供の枕元にサンタのプレゼントを置きにいく、善良で優しい父親のような。

キッチンのドアを閉めたとたんに、玄関のドアが開く音がした。

足音はしなかった。二人は、玄関前のポーチに立って、中の様子を窺っているらしい。あいかわらず、よく聴き取れない小声で囁《ささや》き合っている。

〈どうしたの？〉

夢子は、しびれを切らしたようだった。

〈いや。まったく音がしないな〉

三沢は、低い声で答える。

〈だって、あいつは、ハチに刺されて死んでるはずでしょう？〉

〈かもしれない。でも、何だか変だ〉

ひたすら息を殺して一発逆転を狙っている側としては、三沢の慎重さには、徐々に首が絞まっていくようなプレッシャーを感じる。

〈中の空気は、かなり冷え込んでるな。外気とあまり変わらない〉

〈それが、どうしたの？〉

〈ボイラーのスイッチを切ることは、できなかったはずだ。だったら、窓を開けたんだ。スズメバチの活動を抑えるためとしか思えないだろう？　つまり、あいつには、そういうことをするくらいの余裕はあったんだ〉

くそ。俺は、ひそかに歯噛《はが》みした。そこまで冷静に状況を分析されたら、こちらは手も足も出なくなってしまう。

三沢の臆病なまでの慎重さは、夢子にも伝染したようだった。

〈じゃあ、もしかして、まだ生きてるってこと？〉

〈その可能性はあるな〉

〈どうして？　だって、どこか一ヵ所でも刺されれば死ぬはずでしょう？　どうやって、無傷で切り抜けられるのよ？〉

〈わからない……〉

〈雅弘さん！　絶対うまくいくって、言ってたじゃない！〉

〈いや、もちろん、刺されてる可能性は高いはずだ。どこかで死んでるかもしれないし、意識を失ったか、動けなくなってるのかも〉

トレッキングシューズの分厚い靴底で、床板がきしむ。三沢と夢子は、ようやく山荘に入ってきたようだ。

〈見て。ハチの死骸《しがい》が落ちてる！　ここにも。ほら、あそこにも！〉

夢子が、興奮した声を出す。

〈ふうん。だけど、こいつらは、全部キイロスズメバチだな〉

三沢は、死骸を検分しているらしかった。

〈首が取れてるのは、何かで強引に叩《たた》き落としたんだと思う。問題は、オオスズメバチの死骸が一体もないということだ〉

〈どういうこと？〉

〈つまり、やつは、地下室へ行くドアをまだ開けていないか、あるいは〉

沈黙が訪れた。俺は、じりじりしながら言葉の続きを待ち受ける。

広間をきれいに片付けてから、床に流れた甘い液体も拭《ふ》き取って、キイロスズメバチの死骸だけを撒《ま》いておいたのだ。三沢に作為を見破られないよう、俺は祈った。

〈……あるいは、何よ？〉

夢子が、代わりに先をうながした。

〈ドアを開けて、中に入り、すぐに閉めたのかもしれない〉

〈トラップが、成功したってこと？〉

〈わからないな。とにかく、確認してみよう〉

二人は、慎重な足取りで、地下室へのドアの前に移動したようだった。

〈ドアは、ぴったり閉まってるけど……開ける？〉

〈ここの気温がこれだけ低ければ、中からスズメバチが飛び出してくることは、まずないだろう〉

〈でも、もし、中であいつが待ち伏せしてたら？〉

〈ありえないよ〉

三沢は、鼻で笑う。

〈それには、まず中にいるオオスズメバチを全滅させなきゃならないし、ドアを開けたらすぐに階段だから、隠れる場所はない。見つけたら、こいつを喰《く》らわせてやれば、ひとたまりもないよ〉

おそらく、ブローガンのことを言っているのだろう。たしかに、三沢の手にあれがあるかぎり、こちらは正面切って戦うのは不可能だ。

〈いい？……開けるよ？〉

夢子は、かすかに喘《あえ》ぎ、後ずさったようだ。

ドアが開く音がした。

〈やっぱり、この中は暖かいな。変な臭いが籠《こ》もって、むっとしてる。あ。階段の途中のトラップがない！　やっぱり、かかったのかもしれない〉

三沢は、慎重に懐中電灯を使って中を照らしているようだ。

〈おい、あれだ……！　やった！　成功だ！　あいつは、死んでるよ〉

三沢の声は、興奮を抑えきれないように震えていた。

〈本当？　見えるの？〉

〈ああ。階段の下に倒れてる。両手で頭を抱えて身体を丸めてるな。これは、理想的

じゃないか〉

〈どうして、それが理想的なの？〉

〈階段から転落したときに首でも折ってたら、少々厄介だった。まずありえないけどね。しかし、あの状態だと、落ちたときにはまだ生きてたはずだ。多少の打撲傷があっても、死因は、あくまでもスズメバチに刺されたことによるアナフィラキシー・ショックという結論になるだろう〉

得々として説明する三沢に、俺のはらわたは煮えくりかえった。このふざけた若造が。人生、そううまくはいかないことを教えてやる。

〈しかし、どう見ても、一人でここまで持って上がるのは厳しそうだな。ちょっと、手を貸してくれる？〉

〈嫌よ！〉

夢子は、大声で抗《あらが》っていた。

〈わたし、死体に触るなんて、絶対嫌だからね！〉

〈おいおい。ここまで来て、勘弁してくれよ〉

三沢は、溜《た》め息をついているようだった。

〈わかったよ。何とか、一人で持ち上げられるかどうか、試してみる。でも、どうし

ても無理だったら、そのときは、君にも手伝ってもらうよ〉

夢子は、無言だった。三沢は、手摺《てす》りを持ちながら、慎重に階段を下りていったようだ。

〈それにしても、ひどい臭いだな。何だか焦げ臭いし、薬品みたいな臭いも混じってる。あいつは、たぶん、最後まで抵抗したんだろう〉

三沢の声は、次第に小さくなった。

〈あ……！　これは？〉

三沢の叫び声が聞こえた。どうやら、懐中電灯で遺体の顔を照らしたらしい。

〈どうしたの？〉

驚いたらしい夢子の声。

チャンスは、今しかない。俺は、キッチンのドアを開けると、すばやく地下室のドアの方へと向かった。

〈違う！　あいつじゃない！〉

〈え？　嘘〉

俺は、音がしないように、キッチンのドアを二、三センチ開けた。

足音を忍ばせて、そっと忍び出る。

夢子は、地下室に下りる階段の一番上に立って、下を見ていた。

音はしなかったはずだが、近づく際の空気の動きを察知したのか振り返ろうとした。

その目前で、すばやくドアを閉ざす。掛け金をかけ、念のために南京錠のツルもかけて、しっかりと施錠した。

「開けて！　ここを開けて！」

大声とともに、中からドアを叩《たた》く音がした。今度こそ、何を言っているのかはっきりと聴き取れる。頑丈な木製のドアが震えていた。

「やめろって！　いったい、どうした？」

地下室から夢子に向かって叫ぶ三沢の声。

「うわっ？　これは何だ……？」

続いて、あの恐ろしい羽音が、分厚いドア越しにもかすかに聞こえた。

俺は、数歩後ずさった。

俺は、ただ二人を閉じ込めようとしただけだ。そう口の中でつぶやく。

まさか、こんなことになるとは、予想できなかった。

今でも、心の底から夢子を愛していたのに。

地下室から、激しい悲鳴が響いてきた。さらに激しくドアを叩く音。それは、俺の耳に、最後の命乞《いのちご》いのように響いた。

「……だめだ。俺には、どうしようもない」

俺は、耳を塞《ふさ》ぐ。

ドアを開ければ、オオスズメバチが飛び出してくるに違いない。広間は寒いので深追いはしてこないだろうが、それでも、刺される危険性は高い。

それに、助けてやったからといって、あの二人が感謝し、改心するとは思えなかった。このお人好《ひとよ》しめと嘲笑《あざわら》われながら、ブローガンで撃たれることは、目に見えている。

哀れではあるが、しょせんは自業自得——彼らが自ら招いた結果なのだ。

他人を突き落とすために断崖《だんがい》絶壁へ誘う者は、自らをも転落の運命に近づけることになる。

『**ハエトリ草のあぎと**』にあった言葉を、聖書の章句のように心の中で唱える。すると、不思議なくらい気分が軽くなるのを感じた。

14

俺は、バカラのタンブラーにウィスキーを注いだ。広間のキャビネットに残っていた、マッカランの15年ものだった。氷も水もなしに生《き》であおる。酒でも飲まなければ、とてもやってられない気分だった。

三沢もまた、武松と同様、車のキーを抜き取っていた。隙を突いてやつらを斃《たお》せたのは幸運だったが、俺は、依然として同じ問題に悩まされていた。どうやって、ここから抜け出すか、そして、助けを呼ぶかという。

それから、急に不安になって、広間を見渡した。窓を閉めて暖炉に火をくべたおかげで、かなり室温が上がっている。人間にとって快適な温度になれば、スズメバチも活動可能になるはずだ。

さいわい、スズメバチの姿は一匹も見えない。オオスズメバチは、夢子や三沢と一緒に地下に閉じ込めたが、何匹――いや、何十匹かはキイロスズメバチの巣を襲うために外に出ているはずだった。キイロスズメバチの方も、まったく現れない。オオスズメバチとの戦いで全滅したのかもしれなかった。

もし、一匹でも姿を見せれば、再び外に逃げ出すしかなかったが、今は、そうならないことを祈るしかなかった。

どうやら車を運転する機会は訪れそうにないので、少しくらいなら酒を飲んでもかまわないだろう。俺は、タンブラーの中の濃厚な液体をぐるぐる回すと、一息に飲み干した。独特の華やかな香りが口中に広がり、舌の上に甘さが残る。少し気分がよくなってきて、もう一杯注いだ。

この事件は、どう処理されるだろう。警察は、こちらの説明を信じてくれるだろうか。どんなに頭の中でシミュレーションを行い、ストーリーを組み立てても、現実の先行きは不透明だった。

そもそも、こんな事件は聞いたことがない。自分が重度のハチアレルギーであることは、きちんと証明できるし、夢子と三沢の共謀に関する証拠も見つかるだろう。武松の死も、二人に責任があることはあきらかだ。

ただ、二人を地下室に閉じ込めた行為が、正当防衛ないし緊急避難に当たるかどうかは、判断がつかなかった。晴れて無罪放免となるまでには、警察に取り調べられて、さんざん嫌な思いをしなくてはならないかもしれない。

とはいえ、この事件にも明るい側面がないわけではない。あやうく完全犯罪の犠牲者になりかけながら、奇跡の大逆転——生還を果たしたのである。ミステリー作家としては、これほど効果的な宣伝はないだろう。このことで、『**暗闇の女**』が一躍大ベストセラーに躍り出ることは、まちがいないだろう。

しかし、事態はそう都合よく運ぶだろうか。俺は、口中にマッカランを含んで考えた。俺がミステリー作家であるという事実は、司法当局の心証にはマイナスに作用するはずだ。第三者が素直に考えたなら、これは、絵本作家ではなく、いかにもミステリー作家が企《たくら》みそうな犯罪ではないか。

それに、警察は証拠を調べた上で無実だと認定してくれるかもしれないが、メディアはそうとは限らない。特に、芸能や事件ネタばかり追っている連中は、センセーショナルな扱いをするだろう。頭から俺をクロだと決めつけて、名誉を貶《おとし》め、私刑を下そうとする。そうなってしまったら、自分が無実であることを世間に訴えて、納得させるのは、至難の業に違いない。

俺は、タンブラーを口に運びながら物思いに沈んでいた。何気なく、ソファの上にあるクッションに左手を載せた。

その瞬間、ちくりという痛みを感じた。はっとして左手を引っ込める。

掌の下の方、生命線にかかるあたりに、小さな跡があった。針で突いたような傷だが、直径一ミリほどの血の球が盛り上がっている。

何だ、これは。

こんなところに、画鋲《がびょう》か何かが落ちていたのだろうか。顔をしかめながら、ソファの上を確認してみる。

クッションの陰には、ちっぽけなキイロスズメバチの死骸《しがい》があった。オオスズメバチに嚙《か》み切られたのか、頭がない。

瞬間、頭が真っ白になった。

死に馬に蹴《け》られるとは言うが、俺は死んだハチに刺されたのか？　そんな馬鹿なことがありえるとは……。

よく見ると、頭のないキイロスズメバチは、まだ、かすかに腹部を動かしていた。

俺は、毒液を吸い出そうとしかけたが、思い直した。アレルギー反応が口中に広がれば、気管が塞がってしまうかもしれない。

代わりに、傷口を揉《も》んで毒液を押し出すと、上からウィスキーをかけた。アルコールの刺激で痛みが襲う。

これで、何とか毒液を洗い流すことができれば。

しかし、願いもむなしく、次の瞬間、全身に凄《すさ》まじい戦慄《せんりつ》が走った。

喉《のど》の渇きと、猛烈な吐き気。全身の皮膚が痒《かゆ》くなり、目眩《めまい》がする。

お馴染《なじ》みの悪夢の中に引き込まれたような恐怖を感じる。これは、三年前に刺されて、九死に一生を得たときと、まったく同じ症状だ。

口の中が痺《しび》れ、呼吸が苦しくなり始めた。

このままでは、まずい。喉の奥が腫《は》れ上がって気管が塞《ふさ》がり、空気を吸い込めなくなる。俺は、必死に口を開けて、呼吸をしようとした。

エピペンだ。

広間の隅に放り出してあったバックパックの方へ急ぐ。震える手で、中身を床に空けた。

今となっては不要なアイテムばかりが、あたり一面に広がった。

あった。

俺は、透明なプラスチックの筒をつかむと、本体を出し、青色の安全キャップを外して、オレンジ色の先端を太腿《ふともも》に強く押し当てた。

ちくりという痛みが走る。だが、ハチのゾンビに刺されたときとは正反対で、これは、生を感じさせてくれる痛みだった。

安堵《あんど》の溜《た》め息が漏れる。アドレナリンは、アナフィラキシー・ショックで血圧が低下し、死に至るのを食い止めてくれるはずだった。

そう期待したが、依然として息苦しさは続いているようだ。いや、ますますひどくなる一方ではないか。アドレナリンには気道を拡張する作用もあるはずだ。薬が効いてきさえすれば……。

だめだ。この分では、ほどなく、完全に息ができなくなるかもしれない。

自殺するのでない限り、誰一人として、自分に訪れる死の種類は選択できない。

『**死神の羽音**』の一節が、脳裏によみがえった。ふざけるな。たとえそうだとしても、窒息死だけは、絶対に願い下げだ。

俺の目は、床に散乱しているアイテムの一つに吸い寄せられた。

ついに、これを使うしかないのか。

キッチンで見つけたときには、まさか、本当にこんな事態になるとは思っていなかった。

目眩で、ぐらりと身体が揺れる。何とか持ち直し、エアポンプ式のワイン・オープナーを手に取った。

取っ手が付いた、小さな空気入れのような形。ふつうの注射器とは似ても似つかない、痛そうな極太の注射針が目に入った。

……ほかに方法はない。

『固茹で《ハードボイルド》ハンプティ・ダンプティ』のクライマックス・シーンが脳裏をよぎる。喘息《ぜんそく》の持病を持つ主人公は、犯人を追跡する途中で至近距離から催涙ガスを浴びせられ、気道が塞がってしまう。呼吸ができなくなって、このままでは死が避けられないと悟った主人公は、自らの喉にボールペンを突き刺すことで、気道を確保するのだ。

俺は、事務用ボールペンの先端を見た。これで喉を貫く？　冗談だろう？

だが、呼吸はますます苦しくなりつつある。必死に空気を吸い込もうとしても、喉を通らない。このままでは、確実に窒息死するだろう。

座して死を待つか、それとも気力を奮い起こし、生きるためのアクションを起こすか。

ちくしょう。こんなところで、死んでたまるか！

俺は、ボールペンの先端を喉にあてがった。冷や汗が流れる。

ただ突き刺すのではなく、酸素を取り入れるためには、気管までしっかり突き通さなければならない。

俺は、歯を食いしばると、ボールペンを固く握りしめた。

息苦しさはますます強くなってくる。酸素の欠乏で目がかすみ、気が遠くなりそうだ。

ワイン・オープナーの取っ手を引き抜くと、極太の針を自分の喉にあてがう。

ただ単に皮膚に突き刺すだけじゃだめだ。気管まで、しっかりと突き通さなければならない。

くそ。無理だ。とてもじゃないが、手で刺し貫く自信はない。

やるしかないんだ！

できない。

考えるな。やれ！

俺は、呻《うめ》きながら、そのままの姿勢でワイン・オープナーを下にして倒れ込んだ。

過去に経験したことのないような激痛が、喉に走った。熱い血が噴き出し、たらたらと腕を伝って、床に流れ落ちる。

高価な代償を払った見返り——新鮮な空気が、ワイン・オープナーの筒を通して気道の中に流れ込んでくる。

俺は、喘《あえ》ぎ、口から温かい血を吐き出した。

救助が来るまでには、まだ、かなり時間がかかるかもしれない。

だが、こんなところで死んでたまるか。

どんなことをしても、どんな苦しみに耐えても、生き延びてやる。

今や、俺を支えているのは、その一念だけだった。

そのとき、どこからか、かすかな羽音が聞こえてきた。

キイロスズメバチか。それともオオスズメバチなのか。地下室以外に、まだ生き残っているハチがいたらしい。スズメバチは雑食というイメージが強いが、基本は肉食性である。俺の血の臭いを嗅《か》ぎつけたのかもしれない。

俺は、必死に床を這《は》いずって出口の方へ向かった。寄せ木細工の床に、温かく粘っこい血の跡を残しながら。

目がかすむ。

徐々に意識が遠のいていった。

周りの世界がぐるぐる回り、唸《うな》り声のようなものに包まれているような気がする。

ハチの羽音だろうか。

それは、俺を非難し、罵倒《ばとう》する声のようでもあった。

俺の喉を貫いたのは、やつらの陰険な剣だった。

何かが、俺の顔を覗《のぞ》き込んでいる。

ハロウィンのカボチャのようなオレンジ色の顔。吊《つ》り上がった大きな双眸《そうぼう》。眉間《みけん》には、呪術《じゅじゅつ》めいた逆さ三つ星の文様。

やがて、その姿は、視界から消え失せた。


どのくらい時間がたっただろうか、表から複数の車のエンジン音が聞こえてきた。

これも、幻聴だろうか。

いや、違う。これは、本物の車の音だ。

足音だ。それも、数人の。小走りに近づいてくる。

玄関のドアが開けられた。

「おい! だいじょうぶか?」

目の前に屈《かが》み込んだ男が、俺の首筋に手を当てる。

何をやってるんだ。そんなことをしなくても、生きていることくらいわかるだろう。

抗議しようとしたが、まったく声が出ないばかりか、唇を動かすことさえできなかった。

「喉《のど》を突いてる。自殺を図ったらしい」

「出血がひどい。おい、何か止血するものは？」

「救急車を呼びます」

「動かすのは、まずい」

「毛布は」

「この人ですか？」

俺の周りであわただしく交わされている声は、まるでいきり立ったハチの唸り声のようだった。

「……ええ、まちがいありません」

最後の声にだけは、はっきりと聞き覚えがあった。

馬鹿な。そんなことは絶対にありえない。

おまえは、さっき、地下室で死んだはずじゃないか？

だが、それは、たしかに夢子の声だった。

15

「……ガレージで、エピペンを落としたことにも気がつきませんでした。とにかく、早く逃げなきゃと思ってあわてていましたから。それで、キーホルダーにはレンジローバーのキーも付いていたのに、つい自分の車に乗ってしまったんです。ポルシェは、車高が低い上にRR駆動なんで、雪道には向いていないんです。しかも、ノーマルタイヤのままで、チェーンさえ巻いていませんでした」

夢子は、興奮を抑えるように早口で説明する。

「運転には自信があったんですけど、カーブを曲がりきれずに、吹き溜《だ》まりに突っ込んで、動けなくなってしまいました。吹雪は、かなりひどくなってたんで、闇雲に外に出ると、遭難しかねないと思いました。しかたなく、しばらくは車中で暖を取って、太陽が昇ってから助けを求めて歩き出したんです」

「そこにいる間に、犯人が追ってくることは考えませんでしたか？」

「山荘からは、二、三キロは来てましたし、出るときに、あの男が脱いだ服と靴、それにコートを持ってきましたから。おそらく、あの吹雪だったら、追ってくる気づかいはないだろうと思いました」

俺は、かっとなった。やはり、夢子は、俺の服やコートまで持ち去っていたのだ。

「なるほど。ここから逃げ出したのは、何時頃でした？」

「たぶん、午前二時半か、三時くらいだったと思います」

「どうやって、逃げたんですか？」

「ワインにこっそり睡眠薬を入れて、この男に飲ませました」

夢子は、自らの犯罪行為についても平然と告白する。

「睡眠薬は、常用されてたんですか？」

「三年くらい前ですけど、不眠症になったことがあったんです。そのとき、お医者さんに強い薬を処方してもらいました。それを砕いて、ワインのボトルに……」

そのときの緊張を思い出しているように、夢子の吐息が震える。

「しばらくすると、この男は、うとうとし始めました。グラスを取り落とすと、ベッドに倒れ込むように横になったんです。それで、部屋の電気を消して、しばらく待ちました。この男が完全に眠ったと確信してから、そっと車のキーを取って、逃げたんです」

その言葉によって、綻《ほころ》びかけていた記憶の封印が破れた。

昨晩の情景が、俺の中で鮮明によみがえる。

寝室の灯りを点《つ》けると、右手にあるキングサイズのベッドの上で、女が身じろぎした。

「うーん……どうしたの？」

寝ぼけた声がした。まぶしさに顔をしかめた女が、こちらを見て、はっと目を見開いた。この顔は、よく知っている。大きな目。細い顎《あご》。著者近影でも目を惹《ひ》く特徴的な美貌《びぼう》は、すっぴんでも隠せない。

……安斎夢子。旧姓、深谷《ふかや》夢子。絵本作家、ふかやゆめこ。ガラス細工のような繊細な感覚を持ち、反面、神経質で潔癖症の。

俺の妻だ。

「眠ってたのか。起こしてごめん」

俺が近づくと、夢子は、すばやく身体を起こした。両手でつかんだ毛布を胸元まで引き上げる。大きな目をいっぱいに見開いたまま、身じろぎもしない。

「ちょっと、外に出てたんだ。……ほら、雪が降ってるからね。どのくらい積もりそうか、様子を見ようと思って」

……脳裏に奇怪な映像がフラッシュする。ガレージのすぐ横。不自然にこんもりと盛り上がった雪の塚が。

俺は、首を振って、忌まわしい映像を追い払った。

「外は寒いよ。地球温暖化なんて大嘘だな。実際、二十一世紀に入ってからは平均気温は上がってないそうだし。本当は、これから氷河期が来るんじゃないかな。そうなったら、ブドウが穫《と》れなくなって、ワインも飲めなくなるかもしれない」

俺は、ベッドの端に腰掛けた。夢子は、少しだけ身を遠ざけたが、あいかわらず無言のままである。

「何だか、飲みたい気分だな。乾杯しようか。そうだな、『暗闇の女』の成功を祝して。もう、四刷りだったかな。いや、五刷りだったかもしれないけど」

「……五刷り」

夢子が、奇妙にかすれた声で言う。

「そう、五刷りだった。最近は、どこの出版社もちまちまとしか増刷しなくなったけど、それでも、もう五刷りだ。夢子も、一杯くらい付き合ってくれるだろう？」

「わたし、取ってくる」

夢子は、ベッドの遠い端からそっと滑り出て、壁に掛かっていたバスローブを羽織った。

「どこへ行くんだ？」

「地下室。ワインセラーに」

夢子は、上目遣いに俺を見た。ガラス細工のような繊細さと脆《もろ》さが同居する色白の小顔。

大きな目を不自然なくらいいっぱいに見開き、口元には精一杯の笑みを浮かべている。

俺は、少し頭を巡らせた。このまま、逃げる気だろうか。

記憶を辿《たど》りながら、俺は愕然《がくぜん》とした。逃げる？どういうことなんだ。いったいなぜ、俺は、夢子が逃げると思ったのだろう。

俺は、ナイトテーブルの上に、音がするようにキーホルダーを置いた。夢子は、はっとしたように立ち止まる。

カラビナ型の金具には、分身《ダブル》が乗り回していたレンジローバー、夢子の愛車ポルシェ911、そして、スズキ・アルトのキーが付いていた。

これで、夢子にも、この山荘からは逃げられないことがわかっただろう。

「いいよ。行かなくてもいい」

俺がそう言うと、夢子は、小さな声で反問する。

「でも、ワインがないと、乾杯できないわ」

「ここにある」

俺は、抱えていた紙袋から二本のボトルを出して、ナイトテーブルの上に置いた。

「ボジョレー・ヌーボー。解禁されたてだ。これなら、君も飲みやすいだろう？　それに、もう一本はこれだ。俺が生まれた年のワインだよ」

シャトー・ラトゥール1969年。ふだん飲んでいる安物と比べると桁《けた》が違う値段だが、これほど今晩のお祝いにふさわしいワインはないはずだ。

何と言っても、俺が、ようやく自分自身に戻った晩なのだから。

「1969年……？　素敵ね。でも、ワイングラスとオープナーは？」

「揃ってるよ」

グラスは、ワインを調達した店でついでに買った。軽くて割れにくい樹脂製だったが、外見ではガラス製と見分けがつかない。オープナーはT字形のスクリュー式で、おまけにくれたものである。

「さあ、乾杯だ。『**暗闇の女**』の成功を祝して……いや、待ってくれ。うっかりしてたな。君の久しぶりの新作、『**こころは青空に向かって**』にも乾杯しよう」

俺は、ボジョレー・ヌーボーのコルクを開けて、二つのグラスに注ぐ。

グラスを軽く合せて、まだ若いワインを一口飲む。それなりに美味《うま》かったが、ちょっと物足りない。

夢子は、ワイングラスに口を付けたが、その間も、じっとこちらを凝視していた。

俺は、ワインを呷《あお》りながら、一人で話し続けた。

「これからは、ちょっと作風を変えてみようと思うんだよ。いつまでもダークな路線じゃ、読者層が広がらないと思うからね。読者は、常にハッピーエンドを求めているだろう？　善人は何とか苦難を乗り切り、悪人はシビアに罰せられる。そうでないと、読み終わってカタルシスが得られないし……」

夢子は、ごくときたま、「そうね」とか「うん」とか合いの手を挟む以外は、ほとんど自分の意見を述べなかった。

「何も食べないの？」

彼女が、ふと思い出したように尋ねる。

「別に。ツマミなんか、なくてもかまわないよ」

「それじゃあ、身体に悪いわ。飲むばっかりで何も胃に入れないと」

夢子は、首を振った。

「ちょっと待ってて。何かないか見てくる」

そう言うと、静かに部屋を出て行った。

俺は、虚を突かれたが、夢子が行くのを止めなかった。車のキーは、すべてここにある。彼女は、結局、ここに戻って来ざるを得ないのだ。もしも五分たっても戻らなかったら、探しに行くことにしよう。

服を脱いで、バスローブを羽織って待っていると、案ずることもなく、夢子は、ものの二、三分で部屋に戻ってきた。紙箱入りのチーズとナッツの缶、紙皿とフォークを手にしている。キッチンか食料品庫《パントリー》に行っていたらしい。

俺は、チーズとナッツを食べ、ワインを飲みながら、さらに話し続けた。将来の計画について。最近の小説のダメさ加減について。小説が映像化されることと、そのメリットについて。などなど。

夢子は、ずっと硬い表情だったが、ときおり笑顔も見せるようになった。

やがて、俺は、ほとんど一人でボジョレー・ヌーボーのボトルを空けてしまった。

次は、いよいよシャトー・ラトゥールである。

「わたしが開けるわ。……今晩は、あなたのお祝いだから」

夢子は、苦労してT字形のオープナーをシャトー・ラトゥールのコルクに差し込むと、後ろを向いて、ボトルに覆い被《かぶ》さるようにして引き抜いた。

グラスに、芳醇《ほうじゅん》な液体を注ぐ。俺は、グラスを回してから、空気とともに一口飲んで、満足の笑みを浮かべた。

素晴らしい。まったく熟成していないボジョレー・ヌーボーとは、比較にならなかった。重厚なタンニンの力強さと、それにもかかわらずフルーティーな香り。

かすかに舌を刺すような苦みも感じるが、気のせいだろうと思った。

だが、杯を重ねるうちに、俺は徐々に眠気を感じ始めた。

ワインがこぼれて、胸にしたたった。冷たい。手からグラスが滑り落ちた。

抗しがたい眠気に、俺は、ベッドに仰向けになる。

いつのまにか、部屋が暗くなっていた……。


思い出せるのは、ここまでだった。それから先は靄《もや》がかかっているが、夢子がワインに入れた睡眠薬の作用で、意識を失ったのだろう。

突然、広間の奥で、ときならぬ騒ぎが発生した。

「うわっ、何だ？」

「ハチ……？」

「中に人がいるぞ！」

「痛《い》てっ！　くそ、刺された！」

「馬鹿野郎！　早くドアを閉めろ！」

どうやら、掛け金を壊し、地下室へのドアを開けたらしい。オオスズメバチの威圧的な羽音が聞こえた。

俺は、苦労してそちらに眼球を向ける。少なくとも数匹が、興奮した状態で部屋の中を飛び回っているようだ。背筋を戦慄《せんりつ》が走った。俺は現在、まったく動くことができない。万が一、もう一刺しされたら、文字通り、とどめを刺されることになる。

夢子は、見るも哀れなくらい怯《おび》えていた。すっかり、腰が抜けてしまったようである。うずくまったまま、立ち上がることもできないようだ。

「助けて！　わたし……アレルギーがあるんです」

彼女を庇《かば》うように、刑事が前に立ちはだかり、必死にコートを振り回している。そんなことをしたら、よけいにスズメバチを刺激するだけだが。

「アレルギーって、ハチにですか？」

「一度、自宅でスズメバチに刺されて、死にかけたんです。今度刺されたら、命の保証はないと言われました」

馬鹿な。何だって、今さら、そんな見え透いた嘘をつくんだ？　それは、俺のことだ。意識不明の重態だったのは、俺じゃないか。

「わかりました。とりあえず、ここから出ましょうか」

刑事は、夢子を抱き起こして広間を出かけたが、途中で立ち止まった。

「いや。もう、だいじょうぶなようですね」

数人の警官が刺されたようだったが、騒動の末に、広間に侵入したスズメバチはすべて退治されたらしかった。

夢子が、振り返って、急に大声を出した。

「三沢さん！　それに、杉山《すぎやま》さんも！　どうして？　だいじょうぶですか？」

「何ヵ所か刺されましたけど、何とか」

視界に現れたのは、三沢だった。トレッキング用の杖《つえ》で身体を支え、痛そうに脚を引きずっている。死んでいなかったのか。俺は、がっかりした。悪運の強いやつだ。

「わたしも、だいじょうぶです。三沢さんが指示してくれたんで、頭をフードで隠して、じっとしてたら、刺されずにすみました」

杉山と呼ばれた女性は、夢子とかなり背格好が似ていた。ここへやって来たときには、遠目だったことと、帽子とゴーグルで顔を隠していたために、うっかり夢子と見誤ってしまったらしい。

だとすると、この女もまた共犯に違いない。

「あなたたちは、なぜ地下室にいたんですか？」

刑事が、助け出された二人に訊《き》く。

「突然、何者かに閉じ込められたんですよ。階段の下には遺体が一つあります。それで、誰なのか確かめようとしてたんですが」

三沢が言う。

「……あれは、武松さんでした。角川書店の編集者です」

杉山と呼ばれた女性が答えた。ようやく思い出した。彼女は児童書が専門の出版社で、夢子を担当していた編集者だ。たしか、パーティーのときも、そばにいた。同業者なら、武松と面識があってもおかしくない。

「とりあえず、遺体の回収は、業者が来て、中にいるハチを何とかしてからですね」

刑事は、顔をしかめる。

「閉じ込めた相手の顔は、見ましたか？」

「一瞬でしたが、たぶん、この人だったと」

杉山は、俺を指す。

「なるほど。あなた方は、そもそも、どうしてこの山荘に来られたんですか？」

「今朝、夢子先生に電話しようとしたんですが、ケータイが圏外だったので心配になったんです」

杉山が、説明する。

「それで、三沢さんに連絡してみたんです。三沢さんも、何かあったのかもしれないって言うんで、様子を見に来ました」

「携帯電話が通じなかっただけで、東京から八ヶ岳まで来られたんですか？」

刑事は、呆《あき》れたようだった。

「いや、普通の状況じゃないんですよ」

三沢は、深刻な調子で続けた。

「夢子さんは、安斎智哉から命を狙われていましたから」

「安斎智哉……？　どこかで聞いたことがある名前ですね」

刑事にはミステリー好きが多いから、どこかで作品を読んだのかもしれない。

「ミステリー作家ですよ。まあ、そんなに有名じゃありませんが」

三沢は、いちいち癇《かん》に障る言い方をする。

「その人が、なぜ奥さんを殺そうと？」

「……きっと、お金だと思います。安斎は、異常にお金に執着していましたから」

夢子は、目を伏せた。

「安斎は、一時期は、相当な収入があったんですが、それ以上に金遣いが荒かったので、借金が増える一方でした。それで、いつもお金のことで頭がいっぱいだったみたいです」

「何に、そんなにお金が必要だったんですか？」

「いろいろです。世田谷の一等地に分不相応な家を建てたのもそうでしたし、この山荘を衝動買いして、お金に糸目を付けずにリフォームしてみたり、ほとんど毎年のように車を買い換えたり……」

「奥さんも、ポルシェをお持ちですよね？」

すかさず、刑事の突っ込みが入る。

「あれは中古ですし、絵本がヒットした印税で買ったんです。わたしの唯一の贅沢《ぜいたく》でした」

夢子は、心外だと言わんばかりだった。

「安斎のレンジローバーは、新車のポルシェより高いんです。それだけじゃありません。ワインに凝り始めると、高価なヴィンテージ・ワインを蒐集《しゅうしゅう》し、イメージ作りだとか言ってイタリア製のバイクを買い、飽きると人にあげてしまったこともありました」

「奥さんが亡くなれば、お金が入るんですか？」

これには、三沢が代わって答える。

「夢子さんは、数年前に、きわめて高額の生命保険に加入させられてるんです。たしか、安斎が半ば強引に契約したんだよね？」

夢子は、うなずいた。

あまりにも荒唐無稽《こうとうむけい》な告発に、俺は身の裡《うち》が震えるような怒りを感じた。被害者である俺に濡れ衣《ぬれぎぬ》を着せて、強引に加害者に仕立て上げてしまおうというのか。

「それで、具体的に、何か身の危険を感じたことでもあったんですか？」

刑事は、夢子に向かって尋ねた。

「さっき、三年くらい前に不眠症になったと言いましたけど、それには原因がありました。わたしは、スズメバチに刺されて、意識不明の重体に陥ったんです」

夢子は、静かな口調で言う。

「五歳くらいのときも、一度スズメバチに刺されたことがありました。そのときのことは何も覚えていないんですが、すごい高熱が出て死線をさまよったと両親が言っていました。雑談の中で、何気なく、そのことを安斎に話したんです。そうしたら、半年くらいたって、自宅の庭で刺されて……。わたしが知らない間に、物置小屋の中で、スズメバチが大きな巣を作っていたんです」

「それが、事故じゃなかったと？」

「後から考えると、おかしな点はいくつもありました。刺される少し前のことですけど、夫はわたしに物置小屋に近づかないように言いました。ムカデがいたからと言うんです。ハチ毒にアレルギーがあると、ムカデの毒も危険らしいので、怖くて近づけませんでした。物置小屋には画材なんかを置いてありましたから、必要なときは、安斎に頼んで、取ってきてもらってました。ですから、もしスズメバチが巣を作っていたら、安斎が気づかないはずがないんです」

「ご主人が、物置にスズメバチの巣を仕込んだ？　そんなことができるんですか？」

刑事の声音は、疑わしそうな響きを帯びた。

「巣ごと動かしても、ダメージがなければ、スズメバチは新しい場所で活動を続けます。刺されないようにするのが厄介ですが、比較的攻撃性の弱いコガタスズメバチでしたし、防護服を着ていれば何とかなったでしょう」

三沢が補足する。

ふざけるな。それは、そっくりそのまま、お前がやったことだろう。

俺は、あのとき、無防備で罠《わな》の中に足を踏み入れたのだ。

その朝、私は、何の警戒心も持たずに物置小屋に向かった。妻から画材を取ってきてくれと頼まれたからだった。

まさか、小屋の中では恐るべき死の使いが犇《ひし》めき合い、私が入るのを待ち受けていたとは。

「刺されたときは、どんな状況だったんですか？」

「安斎は、ムカデ避《よ》けの薬剤を撒《ま》いたから物置小屋は安全になったと言いました。それで、朝早く物置小屋に画材を取りに行ったんです。中段の棚に、裏返しになったキャンバスが一枚立てかけてありました。何だろうと思って手に取ると、表側には、スズメバチの巣がくっついてたんです」

そのときのことを思い出しているらしく、ときおり、どうしようもなく語尾が震える。これも演技なのだろうか。

「わたしは、パニックになり、キャンバスを取り落としてしまいました。興奮したハチは、わたしに群がってきて、数カ所を刺され、アナフィラキシー・ショックで意識を失ったんです。命が助かったのは、ジョギングしていた人が、たまたま家の前で、わたしの悲鳴を聞いてくれたからです」

「そのとき、ご主人は、どこに?」

「書斎にいました。徹夜で仕事中で、ヘッドホンで音楽を聴いていたため、わたしの声は全然聞こえなかったそうです」

怒りと恐怖が伝わってくるような、低い声だった。

「それからは、ハチが怖くてどうしようもなくなってしまいました。夜も、部屋にハチがいないかどうか調べないと、寝付けなくて。家庭菜園にアブがいただけでも、パニックになって、殺虫剤をほとんど一缶使ってしまったくらいです」

夢子は、まことしやかに、俺の話を自分のことにすり替えてみせた。絵本作家とはいえ、さすがは物書きの端くれだけある。俺は妙な感心をしていた。

「今の話は本当です。夢子さんには、うちで出していたハチが主人公のシリーズもあったんですが、それさえ書けなくなっちゃったくらいですから」

杉山も、もっともらしい証言を添えて、彼らの作り話を側面から補強する。この女も、やはり共犯だったと、俺は確信した。

刑事は、腕組みをした。

「なぜ、もっと早く警察に相談するか、別居するかしなかったんですか？」

「おかしいとは思いましたが、自分の夫がわたしを殺そうとしているなんて、どうしても信じられなかったんです。……三沢さんや杉山さんから警告されても、まだ本当とは思えなくて」

夢子は、沈んだ声で答える。アカデミー賞女優並みの名演技だった。ほとんどの男は、ころりと騙《だま》されてしまうに違いない。

「お話を伺っただけでは、にわかには信じられない話です」

刑事は、低い声で言った。

「たった今、この目で、スズメバチの群を見ていなければですが」

どうやら、心配したとおり、すっかり彼女の嘘に取り込まれてしまったらしい。

「屋内とはいえ、雪が降る十一月の山の上で活動中の巣があるというのは、自然状態では考えられませんよ」

三沢は、刑事に駄目を押す。

「人為的になら、可能なんですか？」

「不可能ではありません。温度さえ保たれれば、スズメバチは十一月でも活動できます。さらに、ハチは一日の日照時間で季節を認識するので、地下室のような閉鎖環境に置いて、照明を点灯する時間をコントロールすれば、冬を夏だと思わせることもできますから」

「三沢さんは、ずいぶんハチにはお詳しいようですね」

いいぞ。よくそこに気がついた。俺は、心の中で刑事にエールを送った。

「僕の専門ですから。大学では、昆虫の光周性に関する研究をしています」

「コウシュウセイというのは？」

「昼夜の長さに対する反応のことです」

三沢は、平然と答えた。

「なるほど」

刑事の声にも、さすがに疑惑が混じったようだ。

「安斎智哉にも今みたいな話をしたんですが、数日後にメールが来ました。ハチに季節を誤認させる方法についての、かなり突っ込んだ質問でした。まさか、小説ではなく本物の犯罪の参考にするつもりだとは思わなかったので、丁寧に回答したんですが、結果的に、僕は、あいつの殺人計画を手助けしてしまいました」

三沢は、言葉巧みに言い逃れ、疑惑を俺に向けようとする。

「……安斎智哉という名前を聞いて思い出したんですが、私は以前、週刊誌で、ご主人のエッセイを読んだことがあります」

刑事は、慎重に言葉を選んで言う。

「私の記憶違いでなければ、たしか、ハチの毒にアレルギーがあったのはご主人の方で、自宅で刺されて九死に一生を得たのも、ご主人だったと思うんですが」

思わず喝采《かっさい》を送りたくなった。やっぱり、持つべきものは読者である。

「全部、嘘です」

夢子が、ぴしゃりと答える。

「どっちが本当かは、病院に問い合わせてもらえば、すぐにわかります」

「作家なんて、しょせん、みんな嘘つきですから」

杉山が、編集者らしく断言した。

「エッセイでは、さすがに、まったくの虚構をでっち上げる人はあまりいないですけど、面白くしようと話を盛ったり、他人の話をさも自分が経験したように書くくらいのことは、誰でもやってますよ」

「わたしには、絵本作家としてはむしろイメージダウンになるから、ネタを譲ってくれと言っていました。ミステリー作家としては、ハチに刺されて死にかけたという話は宣伝になると思ったんでしょうね」

夢子の説明は、即興のでたらめとは思えないほど、もっともらしかった。

何を言う。俺がエッセイに嘘を書いた？　そんなわけはない。

嘘をついているのは、おまえの方だろう。俺には、本当にハチ毒のアレルギーがあり、三年前には危うく死にかけたんだ。


最初は、ただチクリと来ただけだった。しかし、ほどなく、耐え難い渇きと吐き気に襲われた。舌がもつれて、呂律《ろれつ》が回らなくなる。全身に蕁麻疹《じんましん》が広がって、そこら中を掻《か》き毟《むし》りたくなった。そして、激しい目眩《めまい》。

口の中が痺《しび》れて、息ができない。喉《のど》の奥が腫《は》れ上がったために気管が塞《ふさ》がって、空気を吸い込めないのだ。私は、酸素を求めて、金魚のようにぱくぱくと口を開け、喉をつかんだ。

さっきも、そうだった。死んだハチに刺されたショックで呼吸困難に陥った。あれも、嘘だったというのか。

それから、あれほどまでに激烈だった全身症状が、いつのまにか、すっかり影を潜めていることに気がついた。

「なるほど。では、ご主人が、夢子さんを殺害するために地下室にハチの巣を仕掛けたとしましょう」

刑事は、再び、俺に目を落とした。

「……だったら、ここにいる男は、いったい誰なんですか？」

何だって？　それは、どういう意味だ。俺は呆気《あっけ》にとられていた。

「名前は、たしか、安斉実《あんざいみのる》だったと思います」

夢子が答える。

安斉実……。その名前は、俺の潜在意識に深く突き刺さった。

違う。俺は、アンザイトモヤだ。

アンザイミノルなんていう男は知らない。

そんな名前は、はるか昔に捨て去った。

「ちょっと待ってください。この男は、親戚《しんせき》か、お知り合いなんですか？」

刑事は、眉《まゆ》をひそめた。

「いいえ。この男は、ただの異常者です。夫に付きまとっていた、ストーカーでした」

「ストーカー？　男同士でですか？」

「恋愛感情とかじゃありません。この男は、自分が本物の安斎智哉で、安斎は自分の名を騙《かた》る偽者だと思い込んでいたんです」

夢子の一言一言が、心をえぐる。違う。何をめちゃくちゃなことばかり言ってるんだ。

俺は、本当に安斎智哉だ。俺こそが、本物の安斎智哉なんだ。

「それこそ何十通も抗議の手紙を送ってきましたし、後で出版社の人に聞いたんですが、サイン会のときなんかは、必ず物陰から夫を盗み見ていたそうです」

「僕も、一度、出版社のパーティーに潜り込んでいたのを見ました。安斎智哉と立ち話をしていたときですが、すぐ後ろに立って、聞き耳を立てていたんです」

三沢が、つぶやく。

馬鹿な……。そんなはずがない。俺の頭の中では、パーティーでの記憶が映像となってぐるぐる回っていた。

俺は、三沢の服装をチェックしてみた。フランネルのジャケットはカシミアのようだし、ジーンズは新品らしかったが、裾から覗く靴の踵は傷が付き、左右が不均等にすり減っているのが気になった。

三人で雑談している姿は、どちらかというと、若いカップルと、その上司のようである。

「その後、ちょっとした騒ぎになりましたから、はっきりと覚えてますよ」

ちょっとした騒ぎ。

それは、あまりの屈辱のために心に深い傷が刻まれ、忘却の彼方《かなた》へと追いやられていたシーンだった。

俺は、二人の出版社の社員に両脇を取られて、パーティー会場から連れ出されていた。

「おい、君たち！　何をするんだ？　無礼だろう？　俺は、安斎智哉だ」

「まあまあ、とにかく、行きましょう」

出版社の社員たちは、にべもなかった。二人とも身長が高かったため、俺は、囚《とら》われた宇宙人のように爪先《つまさき》が床から浮き上がった状態だった。

「なぜ、こんなことをする？　いいのか？　俺は今後、君たちの社では、二度と書かないからな！」

「ああ、そうですか」

「それだけじゃないぞ。既刊本も、全部、絶版にする！」

「はいはい。わかりましたから、家に帰りましょうか」

会場を出るとエレベーターに乗せられ、一階でようやく解放された。

俺は、しばらく、茫然《ぼうぜん》としてその場に佇《たたず》んでいた。

自分が求める世界と自分との距離は、どこまでも遠い。その残酷な事実を思い知らされていた。


「最後は、とうとう、家にまで押しかけてきました」

夢子は、溜《た》め息まじりに話している。

「この男は、安斎の書いたものは何でも――小説からエッセイまで、すべて読み込んで、安斎本人より詳細に覚えていました。さわりの部分は、すらすら暗唱できたくらいです。気持ちが悪いくらいでしたし、さすがに安斎も驚いていました」

「それで、どうしたんですか？」

「どうしても帰ろうとしなかったんで、結局、警察を呼ばなければなりませんでしたけど、連れて行かれるまで、安斎に向かって、おまえは俺の分身《ダブル》だとか、俺の人生を返せとか、口走っていました」

「ダブル？　何のことですか？」

「たぶん、昔はドッペルゲンガーと呼ばれてたものを、今風に言い換えたんでしょうね」

　三沢が、説明する。

「自分そっくりな分身が、いつのまにか自分に成り代わり、自分のものを奪っているって類《たぐい》の妄想ですよ」

「そっくりですか？　見たところ、骨と皮のような老人ですよね」

　刑事は、俺を見下ろしながら、不審げな声を出す。

「ご主人は、四十代くらいですか？　この男は、どう見ても七十近いと思いますが」

「妄想の中では、関係ないんだと思います。自分の生まれ年も、１９６９年だと思い込んでいましたし」

夢子は、醒《さ》めた声で言う。

「態度や話し方は、もっと若い——というか、大人になりきれていない感じがしました。そういう点では、たしかに、ちょっと安斎と似ていました。それに、表面は上機嫌に見えるときでも、目は笑っていないっていうか、ぞっとするほど冷ややかなものが感じられるところなんかも」

「まあ、人間性では、どっちもどっちですからね。さぞかし、共感するところがあったんじゃないですか？」

三沢が、吐き捨てた。

あの男——分身《ダブル》と共感するところなら、たしかにあった。

俺の頭の中で、また一つ別の記憶がよみがえる。

16

その本が目にとまったのは、ほんの偶然からだった。

行きつけだった書店は、ベストセラーが優先的に配本されるほど大きくはなかったが、奇怪な菌類を思わせる新古書店が近所に出店して、周りの樹木を根こそぎ枯らしてしまうような猛威を振るう中でも、何とか潰《つぶ》れずに生き残っていた。

その本は、発刊直後、都内の巨大書店では平台に積まれていたが、その書店では一冊が棚差しになっているだけだった。見えるのは背表紙だけであり、作者の名前かタイトルの文字に、よほど心惹《こころひ》かれるものがないかぎり、抜き出して見られることもないはずだった。

そこには、装飾的な書体で『**胡蜂**《スズメバチ》』と書かれていた。

そして、それは、俺がこれから書こうとしていた小説のタイトルでもあった。

俺の作品が、小説誌の新人賞の最終選考に残ったのは、かれこれ十年前のことだった。残念ながら、受賞には至らなかったが、選考委員の一人は、「文章には安定感がある」と激賞してくれた。我が意を得たりという思いだった。小説で一番大切なのは、文章である。それも、ひとりよがりの比喩《ひゆ》や、鬼面人を驚かす類の表現ではない。地に足の着いた、安定感のある文章だ。それは、見せかけの新しさでもてはやされて、すぐに消えてしまうガキどもには、絶対にないものである。長年、人生経験と研鑽《けんさん》を積まなくては、けっして身につかないものなのだ。

ようやく、ここまで来たかと思った。第一線の作家や編集者たちが、俺の小説を読み、高く評価している。夢の一歩手前まで近づいたのだ。

それからは、首を長くして出版社からの連絡を待っていたが、どういうわけか、なしのつぶてだった。それで、こちらから何度も編集部に電話をかけたり訪ねたりしてみたが、対応は、ひどく素っ気ないものだった。とても出版界の未来を担う新人（五十代の新人はけっして珍しくない）に対するものとは思えない。

そのうち、露骨に迷惑がられるようになり、「担当」と称する男にも居留守を使われるようになった。二、三年がたつと、電話はすぐに切られてしまい、わざわざ訪問しても、一階で警備員に止められる始末だった。

俺は、新しい作品を書き、別の社の新人賞に応募することを決意した。俺を無下にした連中には、必ず後悔させてやろうと思っていた。

そのタイトルが、『**胡蜂**《スズメバチ》』である。利益のためには従業員の人間性を破壊して顧みない悪徳企業を向こうに回して、断固として洗脳を拒否し、孤独な戦いを続ける主人公を描くつもりだった。

もちろん、小説のタイトルにはコピーライトはないので、誰でも、『罪《つみ》と罰《ばつ》』だろうが、『虞美人草《ぐびじんそう》』だろうが、『君《きみ》よ憤怒《ふんぬ》の河《かわ》を渉《わた》れ』だろうが、自由に出版することができる。（出版社がうんと言えばだが）

しかし、未《いま》だに一冊も世に問うたことのない新人作家にとっては、同じタイトルの本がすでに出ているというのは、見逃せない大問題だった。

俺が、その本に手を伸ばしたのは、ある種の必然だっただろう。

まず第一に、その本の内容が、自分が書こうとしているものとはかけ離れていることを確認して、安心したい。できれば、早々に駄作であると断じて、笑いものにし、さっさと忘れ去りたかった。

ほとんどの場合は、そうした思惑通りに検分の儀式は進み、憫笑《びんしょう》しながら本を棚に戻せば事は終わった。しかし、このときばかりは、少々様子が違っていた。

まずは、内容を見る前に、作者名に目を奪われる。

「安斎智哉」……。

建売住宅の営業マンから生命保険の外務員、商品先物のセールスマンへと、職を転々としていたころ、俺は、「安斉知哉」というペンネームを使っていたことがあった。

しかも、今は、まったく同じタイトルの小説を構想していたのである。

そこには、シンクロニシティのような不思議な暗合——縁を感じずにはいられなかった。

俺は、抜き出した本の表紙を見て、さらなる衝撃を受けた。

白いキャンバスに、ナイフで切り裂いたような筋が縦に何本も走っている写真。それは、どこから見ても、ルチオ・フォンタナの「空間概念」にインスピレーションを得たとしか思えないものだったのだ。

処女作を上梓《じょうし》するときには、こんな表紙にしたいと夢見ていた。この作者は、俺と同じセンスを持っている。その作品がどれほどのものか、たしかめてやろうと思った。

そして、ぱらぱらと立ち読みして、三度目の衝撃に俺はノックアウトされた。

『胡蜂《スズメバチ》』は、とても傑作とは言いがたかった。というより、あきらかな失敗作だろう。登場人物にはリアリティのかけらもなかったし、ミステリーとしても破綻《はたん》していた。

にもかかわらず、この本に込められていた恐ろしいメッセージは、たちまち、俺の心の深層に突き刺さった。

「どうして、俺を殺すんだ？」

伊地知《いぢち》は、食いしばった歯の間から、言葉を絞り出した。

「答えは、〝Why not?〟。日本語だと、『どうしてダメなの？』」

凱夫《たけお》は、巨大な注射器を取り出した。まるで舞台用の小道具のようだったが、鋭く尖《とが》った針は、天井の照明を反射して、紛れもない本物の輝きを放っていた。

「これは、大型動物用だから、たっぷりと空気を注入できるし、返り血も浴びないですむんだよ。やっぱり、エイズは怖いからね」

「裏切るのか？」

「別にー。最初っから、友達じゃないし」

「なぜだ？　おまえは、上からの命令には忠実だったじゃないか？」

凱夫は、笑った。

「胡蜂《スズメバチ》みたいに？　あんたたち、僕のことを陰で胡蜂って呼んでたよね。知らないと思った？」

「それは、おまえが、狙ったターゲットは、いつも一刺しで仕留めるから」

「というよりも、巣のために、せっせと狩りをしてたからじゃない？　遺伝子に命じられるままに。でもさ、よく考えてみると、遺伝子の命令って、いったい何なんだろう？」

「何を言ってるんだ？」

伊地知は、必死に身動きしようとしたが、柱の後ろで両手首を結んでいるロープはびくともしない。

「一匹の胡蜂なんて、しょせんは使い捨ての消耗品でしょう？　ただひたすら巣のために働いて、死んでいくだけの。だけど、この惑星の上に生を享《う》けたという大いなる奇跡に比べたら、利己的な遺伝子の思惑なんか、糞《くそ》喰らえだと思わない？」

「……組織の歯車に甘んじるのは、嫌だってことなのか？」

伊地知は、宇宙人のような凱夫のセリフを、何とか理解できる言葉に翻訳しようと努める。

「どうせ一度きりしかない命なんだ。胡蜂だって、自由に翅《はね》を広げて飛んでいけばいいんじゃないかな？　ひたすら飛びたい方へ向かって」

凱夫は、伊地知の反応には無関心に、うっとりとした表情で続ける。

「すべての生命は、いつかは滅びの時を迎える。だったら、それまでは、精一杯生きればいいっていうのが神の与えたメッセージなんだよ。わかる？　何ものにもとらわれずにさ」

「わかった。とにかく、これを解いてくれ。協力するよ。何でも、おまえの言うとおりにするから」

凱夫は、聞いていないようだった。

「社会の思惑だとか、道徳だとか、法律だとか、もともとは、何の意味もないもんじゃないの？　あんたらだって、完璧《かんぺき》、無視してただろう？　それなのに、どうして、組織の掟《おきて》とかいうのにだけは縛られるわけ？」

「それは……しかたがねえだろうが。今の世の中、一匹狼じゃ生きて行けねえんだ」

「Fuck you!」

凱夫は、吐き捨てる。

「人はみな、一人で生まれてきて、一人で死ぬだけだよ。僕らはみんな、生きたいように生きればいいだけなんだ。殺したければ、殺せばいい。壊したければ、壊せばいいんだ。人間だもの」

「そんな考え方で、長生きできると思ってるのか？」

伊地知は、声音に精一杯のドスをきかせた。

「ああ、長生きね。そうか、それがしたかったんだ。でも、あんたは、組織に忠実だったのに、あんまり長生きできそうもないね。せいぜい、あと二、三分くらいかなあ。後悔はない？　やりたいことも我慢して、ずっと仮の人生を送ってきたことを」

運命を悟り、伊地知の目から一筋の涙が流れ出した。

こいつは、完全にいかれてる。何を言っても、こいつは止められない。

俺は、こんなところで、サイコ野郎に殺されるのか。

「僕は、人生の長さには、そんなにこだわりはないんだ。ただ、ラスト一秒、後悔したくないんだよ。……まあ、一秒のことだから、それほどの違いはないんだけどね」

俺は、**『胡蜂《スズメバチ》』**を買ってアパートに帰ると、文字通り貪《むさぼ》るように耽読《たんどく》した。それから、安斎智哉の全作品を読み漁《あさ》った。さらには、単行本化されていないエッセイに至るまで、彼の書いたあらゆる文章を渉猟する。

家族も、学校も、会社も、社会全体の枠組みも、俺がなじめなかったすべての組織、すべての規範には、本来、何の意味もない。そう言い切る安斎智哉の筆致は、痛快だった。俺に同調しろという圧力をかけ、俺の行動に眉《まゆ》をひそめ、非難し、糾弾し、抹殺しようとしていた連中は、人生が有限であるという事実から目を背け、倒錯した集団の論理を振りかざすことしかできない狂信者だと教えてくれたのだ。

とはいえ、ただ単にそう主張するだけなら、あれほどの説得力は持たなかっただろう。安斎作品においては、ストーリーの中で、作者の主張が実証されていく。あらゆる善意は踏みにじられ、すべての善人——秩序を守り社会はソリッドだと信じていた人たち——は不幸のどん底へと突き落とされる。希望は、必ず絶望により真っ黒く塗り潰《つぶ》されるのだ。巨大な悪と悪との戦いの前では、清く正しく生きている人々の集団など、刈り取りを待つまぐさ場でしかないのだから。

おそらく、九十九パーセントの読者には、安斎智哉の真意は伝わっていなかっただろう。彼らは、ほんの少し毛色の変わったノワール系のエンタメとしか、受け止めていなかったはずだ。

しかし、俺だけは、はっきりと理解できた。この作者は本気だということが。すべてのルールは無意味だ。だからこそ、生きている間にすべての欲望を解放しろと。安斎智哉は本心からそう説いているのだ。

俺は、このころはまだ熱狂的な読者にすぎなかっただろう。しかし、時を経るにつれて、どうしても拭《ぬぐ》い去ることのできない疑惑が再燃する。

これこそ、まさに、俺が書きたかったことではないか。

この表現は、俺が以前に思いついていたものだ。

このストーリーは、俺が構想していた内容そのままじゃないか。

このキャラクターは、どう見たって、あいつをモデルにしたものだろう。

だとすれば、これはやっぱり、俺が書いた作品なのだ。はっきりとは思い出せないが、そうとしか思えない。

もしかしたら、俺が気づかないうちに、俺の分身《ダブル》が書いたものではないのか。

そうに違いない。いつのまにか、俺の分身《ダブル》は作家となって、活躍していたのだ。

俺が不遇をかこっていた間に……。

それでも、最初のうちは、分身《ダブル》が達成したことを誇らしく思っていた。しかし、やがて、どうしようもないほど不快感が募るようになっていく。

俺は、分身《ダブル》に手紙を書いた。最初は、ごくシンプルに、分身《ダブル》が成功したことを祝福する手紙だった。いくら待っていても、返事はなかった。俺は、手紙を書き続けた。

それは、しだいに、やんわりと相手を難詰するような文面へと変わって行った。

最終的に、それは、分身《ダブル》に対して俺の人生を返せと迫る脅迫状そのものの内容になり、それが定着した。

全部で数百通は書いただろうか。すべて出版社経由だったのだが、このときにはまだ、出版社が中身をチェックして、問題がないと思われるものだけを作家に届けていることは知らなかった。

それを知ってからは、あらゆる手段を尽くして安斎智哉の自宅の住所を割り出すことに努めた。

エッセイやインタビューなど公になっている情報だけでも、すべてを詳細に分析すれば、かなりの個人情報を得ることができる。

世田谷の自宅。そして、八ヶ岳南麓《なんろく》にある山荘。

すべて、分身《ダブル》が、不当に俺から奪ったものである。

俺の人生には、もう、残り時間は少なかった。やつに返す気がないのなら、何としても取り戻さなければならない。

そのためには、もはや、手段を選ぶつもりはなかった。


「……ええと、つまり、こういうことですか？　この男は、ご主人が自分の分身《ダブル》だという妄想を抱いていた。それで、ご主人は、この男を利用し、あなたを殺害する計画の片棒を担がせた」

刑事は、かなり困惑しているようだった。

「いや、おそらく、それは違うと思いますね。安斎智哉は、緻密《ちみつ》な頭脳の持ち主でした。道徳を司《つかさど》る部分には、すっぽりと大穴が開いていましたが」

三沢が、シニカルな口調で言った。

「妄想に支配されている男を計画に引き込んだりしたら、失敗の確率が高くなるだけです。そんな馬鹿げたリスクを冒すはずがありません」

「わたしには、もう一つ、どうしてもわからないことがあるんです。この男は、どうして自殺を図ったりしたんでしょう？　それも、ワイン・オープナーで自分の喉《のど》を突くなんて、恐ろしいやり方で」

夢子も、疑問を口にする。

自殺だって？　ふざけるな。俺は、生き延びるために、やむをえず喉を穿孔《せんこう》したのだ。ハチ毒のアナフィラキシー・ショックで呼吸困難になったから、気道を確保するためには、そうするしかなかったのだ。そのことは、誰の目にもあきらかだろう。

「……なるほど。この事件は、そんなに単純な図式では括《くく》れないのかもしれませんね」

刑事は、とうとう結論を出すのを諦《あきら》めたようだった。

「いずれにせよ、鍵《かぎ》を握っているのは、やはりご主人のようですね。どういう事情から、昨晩、急にいなくなったのか。そして、まるで入れ替わりのようにこの男が現れた理由も尋ねてみないと」

「そのことなんですが」

夢子が、押し殺した声で言う。

「この男のコートのポケットに、こんなものが入ってたんです」

夢子が差し出したものは見えなかったが、場に緊張が走るのを感じる。

「果物ナイフですか。……これは、血痕《けっこん》が付着していますね」

その言葉が、最後の引き金となった。

強く抑圧され、意識下に押し込まれていた記憶がよみがえる。


夜だ。雪が降っている。

俺は、車庫の陰に車を止めて、山荘を眺めていた。

ライトアップされた正面玄関《ファサード》は、ほとんど見る者もいない場所に建っているのが惜しくなるくらい美しかった。

これは、俺の山荘になるはずだった。

いや、俺の山荘なのだ。

俺が書くはずだった小説で得た、俺の印税。それで買ったのだから……。

さっき、山荘の周りを回ってみたが、侵入する経路は見つからなかった。木製のドアは頑丈そのものだし、窓ガラスも一筋縄ではいかなかった。一見、ごく普通の二重《ペア》ガラスのようだったので、ライターで焼き破りを試みたのだが、その結果わかったことは、外側は単なるフロートガラスだが、内側に強化ガラスとポリカーボネイト樹脂をサンドイッチにした防犯用の合せガラスが嵌《は》まっているという事実だった。金属バットで力いっぱい殴りつけたとしても、簡単には打ち破れない代物であり、音を立てずに侵入するというのは、まず不可能だった。

裏手には、地下室の換気用と思われる空堀《ドライエリア》も切ってあったが、こちらには頑丈そうな鉄格子が嵌まっており、どうにもならなかった。

しかたなく、車の中で、ぼんやりとタバコをくゆらせながら山荘を眺めていた。

すると、ふいに玄関の内側の灯りがともった。誰かが出てくる。

俺は、あわててタバコを揉《も》み消すと、車のエンジンを切って、キーを引き抜いた。

俺がここにいることが、バレたのだろうか。

静かに玄関のドアが開いた。出てきた人間が誰なのかは、すぐにわかった。安斎智哉と名乗る俺の分身《ダブル》である。

まだ、こちらには気がついていないようだ。そっと玄関のドアを閉めて、鍵はかけずに歩き出した。寒いらしく、高価そうな革のジャケットのボア付きの襟を立てると、幾度も山荘の方を振り返りながら車庫に近づいてきた。粉雪が髪に点々とくっついていた。

頭の中でミステリーの筋書きを反芻《はんすう》してでもいるのか、口元には、ひどく邪悪な笑みが浮かんでいる。

俺は、百均で買った果物ナイフを手にすると、そっと車から滑り出て、車庫の壁に貼り付いた。

分身《ダブル》は、どうやら考え事に没頭していたらしく、俺の車を発見するのが遅れたようだ。車庫の向こうから近づいてきた影が、はっとしたように足を止める。

俺は、車庫の陰から出ると、分身《ダブル》の正面に立ちはだかった。ぎょっとして立ち竦《すく》むのがわかる。どうやら、雪明かりで俺の顔を認めたらしい。

「もう、充分楽しんだだろう？　そろそろ、俺の人生を返してもらおうか」

俺は、一歩前に進む。

「……ちょっと。待て。わかった、話し合おう。な？　金だったら相談に乗る」

分身《ダブル》は、表情を歪《ゆが》め、急《せ》き込むような口調で言う。

「金などいらん。今すぐ、俺の人生を返せ」

俺は、果物ナイフを腰だめに構えて、相手に体当たりした。まったく何の抵抗も感じなかったので、一瞬、失敗したのかと思ったが、分身《ダブル》は声もなく雪の上に崩れ落ちる。

夜目にも、滴る血で雪が点々と染まるのがわかった。

分身《ダブル》の身体をあらためようと思ったが、その必要はないことがわかる。手を開かせると、二台分の車の鍵――レンジローバーとポルシェ――が見つかった。なくならないように、アルトと同じキーホルダーに付けておく。

死体は、森まで引き摺《ず》って行き、適当な場所に遺棄するつもりだった。しかし、死体は思ったより重く、中腰の作業になるので、滑りのいい雪上でも容易ではなかった。しかたがないので、車庫の脇の吹き溜《だ》まりを手で掘り、死体を収めて上から雪で覆う。

そこだけ不自然にこんもりと盛り上がっているようだが、やむをえない。

やった。ついに、俺の人生を不当に奪っていた分身《ダブル》を始末することに成功した。

これで、俺が、本物の安斎智哉になった。

もう、惨めな生活は終わりだ。たった今から、新しく輝かしい人生の幕が上がるのだ。

俺は、しばらくの間、甘い空想に浸っていた。

ふと、目の前を見ると、不自然にこんもりと盛り上がった雪の塚があるのに気づく。

いったい何だろう、これは。

それから、すぐに興味を失ってしまい、俺は目をそらした。

寒い。雪が降っている。凍えそうだ。まるで氷水に浸《つ》けていたように、両手の感覚が、すっかり失われている。

こんなところで、俺は何をしていたのだろうか。

さっさと、暖かい山荘の中に戻ろう。

夢子も、きっと首を長くして待っているはずだ。

俺は、アルトの助手席からワインの入った紙袋を取った。ドアを開けて玄関から入ると、身体に付いた雪を丁寧に払い落とす。

ハンガーにコートを掛けると、念のために壁のキーボックスを開けてみたが、中は空っぽだった。

それから、ゆっくり一階を見て回る。居間は三十畳以上はあるだろう。アンティークなコンソール・チェストの上には、古い留守番電話付きのファックスが置いてあった。

今日から、ここは、俺の持ち物なのだ。

意気揚々と階段を上がる。いよいよ、愛《いと》しい妻にご対面だ。

たぶん、突き当たりの部屋が主寝室だろう。


「どうやら、ご臨終のようですね」

俺の首に手を当てていた刑事が、首を振った。

「出血多量か、気管に血が入って窒息したことが原因でしょう。できれば、この男からも事情を聞きたかったんですが」

俺は、愕然《がくぜん》として、その言葉を聞いた。何を言ってるんだ。おまえは、刑事のくせに、脈も満足に取れないのか。

俺は、まだ生きている。いったい、どこを見てる？　生きているんだ！

「いまだに何が起きたのか、さっぱりわかりません。……この人は、被害者だったのか、それとも加害者だったのか」

夢子が、ぽつりと言った。

待ってくれ。俺はまだ、本当に生きているんだ！　自分でたしかめてくれ。その手を、少し伸ばして、首筋に当てさえすればわかる。その手を、もう少しだけ前に。

待て。これは、どういうことだ？　俺は、そのとき、奇妙なことに気がついた。

角度がおかしい。

俺は、二人の姿を、天井から俯瞰《ふかん》しているのだ。

俺が見下ろしているのは、夢子と、命を失った自分の亡骸《なきがら》である。

そして、俺は、そこから離脱した幽魂——分身《ダブル》にほかならなかった。

そのとき、一匹のオオスズメバチが、急に目の前に現れて、ホバリングし始めた。

オレンジ色のヘルメットのような頭部。吊《つ》り上がった複眼と、眉間《みけん》にある三つの単眼。しきりに首をかしげながら、空気の臭いをたしかめるように触角を細かく動かしている。

やがて、スズメバチは、ここには何もいないと確信したように飛び去ってしまった。

その判断は、正しかったらしい。

視界が、徐々に暗転していく。

何者でもなくなった俺を、闇が、ゆっくりと呑《の》み込もうとしていた。

END

本書の執筆に際しては、独立行政法人　森林総合研究所
森林昆虫研究領域長（現・北海道支所長）牧野俊一先生に
ご協力を頂きました。厚く御礼を申しあげます。

本書は角川ホラー文庫のために書き下ろされました。

雀蜂《スズメバチ》

貴《き》志《し》祐介《ゆうすけ》

角川ホラー文庫　18211

平成25年10月25日　初版発行
令和5年5月20日　7版発行

発行者———山下直久
発　行———株式会社KADOKAWA
〒102-8177　東京都千代田区富士見2-13-3
電話 0570-002-301(ナビダイヤル)
印刷所———株式会社KADOKAWA
製本所———株式会社KADOKAWA
装幀者———田島照久

●お問い合わせ
https://www.kadokawa.co.jp/ (「お問い合わせ」へお進みください)
※内容によっては、お答えできない場合があります。
※サポートは日本国内のみとさせていただきます。
※Japanese text only

ISBN978-4-04-100536-1 C0193　◆◇◇

角川文庫発刊に際して

角川源義

第二次世界大戦の敗北は、軍事力の敗北であった以上に、私たちの若い文化力の敗退であった。私たちの文化が戦争に対して如何に無力であり、単なるあだ花に過ぎなかったかを、私たちは身を以て体験し痛感した。西洋近代文化の摂取にとって、明治以後八十年の歳月は決して短かすぎたとは言えない。にもかかわらず、近代文化の伝統を確立し、自由な批判と柔軟な良識に富む文化層として自らを形成することに私たちは失敗して来た。そしてこれは、各層への文化の普及滲透を任務とする出版人の責任でもあった。

一九四五年以来、私たちは再び振出しに戻り、第一歩から踏み出すことを余儀なくされた。これは大きな不幸ではあるが、反面、これまでの混沌・未熟・歪曲の中にあった我が国の文化に秩序と確たる基礎を齎らすためには絶好の機会でもある。角川書店は、このような祖国の文化的危機にあたり、微力をも顧みず再建の礎石たるべき抱負と決意とをもって出発したが、ここに創立以来の念願を果すべく角川文庫を発刊する。これまで刊行されたあらゆる全集叢書文庫類の長所と短所とを検討し、古今東西の不朽の典籍を、良心的編集のもとに、廉価に、そして書架にふさわしい美本として、多くのひとびとに提供しようとする。しかし私たちは徒らに百科全書的な知識のジレッタントを作ることを目的とせず、あくまで祖国の文化に秩序と再建への道を示し、この文庫を角川書店の栄ある事業として、今後永久に継続発展せしめ、学芸と教養との殿堂として大成せんことを期したい。多くの読書子の愛情ある忠言と支持とによって、この希望と抱負とを完遂せしめられんことを願う。

一九四九年五月三日